一个东方人的故事

Relato de Um Certo Oriente

Milton Hatoum

[巴西] 米尔顿·哈通 著

马琳 译

漓江出版社·桂林

以此纪念萨达和法代尔,
献给我的父母
献给丽塔

记忆能否重建
步伐与海岸,
面孔与见面地点;
——威斯坦·休·奥登

目录

译者序

1

第一章

7

第二章

39

第三章

77

第四章

93

第五章

103

第六章

161

第七章

191

第八章

211

译者序

《一个东方人的故事》是巴西当代著名作家米尔顿·哈通的第一部长篇小说，出版于一九八九年。故事发生在巴西北部亚马孙州首府玛瑙斯，围绕一个黎巴嫩移民家庭中的三代人展开。小说由不同人物的回忆串联而成，以第一人称进行叙述。每一章里讲故事的"我"到底是谁？在对谁讲？他们之间又是何种关系？这些问题都需要读者耐心细致地阅读才能解答，不能忽略任何一个细节。这是一本颇具异域风情且充满谜题的小说，读起来就像是在拼一幅拼图，若想观其全貌，就得明确每个人物、每个回忆碎片在时间与空间中的具体位置。

也许在大多数人的印象中，"亚马孙"等同于"热带雨林"。

亚马孙州是巴西最大的州，面积大于法国、西班牙和瑞典国土面积的总和，其首府玛瑙斯是亚马孙河流域最大的城市，也是重要的港口和自由贸易区。玛瑙斯建立在雨林之中，最初是葡萄牙殖民者设立的一个战略要塞，承载着巴西历史，也见证了该国独立及之后的历史嬗变。十九世纪末，国际市场对橡胶的狂热需求让玛瑙斯飞速发展，每天有大量船只运走橡胶，带来主要来自葡、法、意、英四国的移民。进入二十世纪后，又有德国和黎巴嫩等国的移民先后涌入。小说就在这一历史背景下展开。主人公埃米莉和丈夫都是黎巴嫩移民，两人从一个法国人那里买下一栋房子，他们的邻居是葡萄牙人，好友多奈尔是德国人。不同语言、不同习俗的各国移民构成了玛瑙斯多元的文化风貌。作者米尔顿·哈通本人就出生于一个黎巴嫩移民家庭。他在玛瑙斯度过童年时光，十五岁到巴西利亚求学，后又赴圣保罗和法国巴黎深造。哈通擅长在文学作品中模糊个人经验与回忆的界限，通过书写回忆来构建玛瑙斯独特社会历史背景下的个体身份。

在巴西有一个流行的说法：从中东地区来的人刚到这里时是"土耳其人"，等他有了稳定工作，就成了"叙利亚人"，如果他买下一家店铺或工厂，那就是"黎巴嫩人"了。黎巴嫩移民以擅长经营小商品零售业而闻名。在小说中，埃米莉和丈夫有一家名为"巴黎人"的小商店。他们虽生活在巴西，却保留着一些阿拉伯文化习俗，从日常饮食到家居布置都极具"东方风情"。两人在家里主要用阿拉伯语交流，但并未要求出生在巴西的子女掌握阿语，只有老大哈基姆在兴趣的驱使下向母亲学习了这门语言，因此得以触及母亲的过去。小说开篇的叙述者"我"是埃米莉的养女，或许由于年龄差距大，"我"一直称呼埃米莉为"奶奶"，而非"妈妈"。"我"在外学习生活多年，此次回到玛瑙斯探亲，记录下亲友讲述的过往，试图为埃米莉的人生作简要总结，还原一个完整的故事，好让远在欧洲的弟弟——同样被埃米莉收养——了解这些家族往事。与"我"谈话的有哈基姆伯伯、多奈尔和埃米莉的好友印吉艾。这些记录加上"我"自己的回忆，最终形成了一段由"松散的音符和无序的乐句不断塑造、调节的旋律"。

亚马孙是由城市、森林和河流三个部分组成的整体。移民及其后代或是靠祖辈在"橡胶经济"时期（1879—1912）积累的财富生活，或是通过开餐馆、商店谋生，都有着不错的经济条件。他们成了城市的主人。森林是印第安人的生活空间，其中一些人被迫进入城市，只能住在玛瑙斯最贫穷的街区，也就是小说第六章中"我"去到的"童年禁忌之地"。埃米莉家的女佣安娜斯塔西娅是城市中众多印第安女人的缩影，她们做小时工、洗衣妇，最稳定的工作便是当女佣，住进主人家里。然而，这其实是一种变相的奴隶制，报酬远低于付出，女佣也没有资格和主人同桌吃饭。安娜斯塔西娅口中森林里的动植物令埃米莉和哈基姆着迷，但他们并不会进入森林，那不是他们的生存空间，而是"带有敌意的"危险之地。将城市与森林分隔开的是河流，玛瑙斯位于亚马孙河支流内格罗河与干流索里芒斯河的交汇处。曾经的"橡胶经济"造成此地显著的贫富差距。橡胶园主在短时间内积累财富，工人却依旧贫困。"橡胶经济"衰落后，大批外来工人无法回到家乡，他们在内格罗河沿岸水域建起了一片架在水中的木质高脚屋，这就是小说中的"浮城"。多奈尔曾对哈基姆说："生活在玛瑙斯的人如果不能与河流和森林建立联系，那就相当于生活在监狱里。"然而，社会历史原因造就的隔阂始终难以突破。

《一个东方人的故事》出版第二年就荣获巴西最重要的文

学奖项——雅布提文学奖。这是一本难读的书，难点在于多层次的叙事、复杂的人物关系，也在于其中涉及的阿拉伯文化。这更是一本难译的书。在此之前，我曾翻译过米尔顿·哈通的作品，熟悉作家的语言风格，对亚马孙州的历史、文化也有一定的了解，但在翻译这本书时，还是遇到了许多新的困难。翻译是一个学习的过程，翻译这本小说让我获得了新的知识储备。《一个东方人的故事》像一个线团，有线头露在外面。你捏起一个个线头，尝试捋出完整的线，有些成功了，有些最终断在里面。哈通曾在一次访谈中表示："小说要提问，探寻，暗示，引发疑问，但不要去解释。"《一个东方人的故事》便是对他这一观点的完美阐释。

马琳

第一章

我睁开双眼，隐约看见一个女人和一个孩子的身影。两人一动不动地站在我面前。多云的天空投下昏暗的光，将那两个身影交还给一夜未得好眠的困意与疲惫。我在无意识之中离开了昨晚睡下时选好的位置，到了一处长满植物的地方，就在路灯和长廊之间，长廊通向后院深处。我躺在草地上，身体因夜露而蜷缩起来，皮肤感受着衣服的潮湿，双手放在一个摊开的本子上。本子也湿了，纸上有我在半梦半醒间潦草写下的对于昨夜航班的印象。我记得我是看着那栋大门紧闭、近乎荒凉的房子入睡的,试图看清马路对面那排杧果树中间的两个石狮子。

那女人朝我走来,一语不发,用脚移开一个布娃娃,它躺在我的脸和背包之间。女人恢复一动不动的状态,眼神迷失在昏暗的日光中。孩子捡起布娃娃,左蹦右跳地跑进了房子。我努力想认出女人的脸。也许我在童年时期曾与她共同生活过,但找不出一丝熟悉的感觉,没有什么能够让我想起过去。我到达这里的时候,告诉过她我叫什么,也问了她的名字。

"我是安娜斯塔西娅的女儿,埃米莉的教女之一。"她回答。

女佣示意我进屋,她为我收拾好了房间,还准备了早饭。房子里有一股浓烈的果香,立刻就让我想起了儿时在另一栋房子后院采到的水果,它的颜色、形状、味道,我都记忆犹新。在进入餐厅前,我想先去一楼的几个房间看看。两个相连的厅与房子其他部分隔开。厅里摆满了家具。内部装饰有:伊斯法罕地毯,擦得锃亮的瓷制印度大象和五面雕龙的东方风格木箱。唯一一面没挂中国书法或水彩画的墙被一面大镜子覆盖,它映出厅里所有东西,形成一张复杂的全景透视图。每件物品都一尘不染,光洁如新,就好像从没有人在这里生活或短暂停留过。几扇大窗被红色天鹅绒窗帘遮挡，光线从没被遮住的一个角落透进来。墙角有一张小纸片吸引了我的注意。看上去像是孩子的涂鸦，在离地面一米有余的位置。从远处看，这幅彩色的图画位于波西米亚水晶花瓶和镶嵌着玛瑙石的矮桌中间。走到跟前，我发现画上的两个彩色图案其实是由许多条细线组成的，仿佛无数支流汇聚成两条不同源的河流。图中还有一个草草几笔勾勒而成的人，正在划船，既像是在水里，又好像不在。同样无法确定的是航行的方向，画面中没有任何痕迹能表明小船在朝哪个方向移动。陆地或地平线超出了纸张限定的范围。

我对这张与周围的奢华装饰格格不入的图画很感兴趣。凝视着它，某些记忆在我脑海中跳动，将带你进入一段跨越几十年的旅程。我问女佣那是谁画的，她也不知道，对这幅她每天清晨打扫房间时都能看到的画早已视而不见。我又问她玛瑙斯的日常生活是怎样的，那孩子是不是她的。然而，面对着我狂轰滥炸般的提问，她只哼了一声，便不再开口。我想知道母亲是什么时候出发去旅行的，但我没问，只告诉她我要去拜访埃米莉。女佣第一次看向我的眼睛，目光平静，视线停留了好一会儿。然后，她说出了我在这座城市短暂停留期间从她口中听到的最长的几句话。

"你带点内陆的蜂蜜给她，那是她最喜欢的。"女佣边说边给墙上的钟上弦。

"埃米莉已经起来了？"我问。

"听说你奶奶很久没睡过觉了，白天黑夜都想着你，想着你弟弟，还有她一大早要去市场买的鱼。这个时间她应该正从市场往回走，回到家还要和动物们聊天呢。"

和动物聊天，去市场买鱼，女佣的话里包含着我的过去，它像一座回忆的地狱、一个静止的世界，蠢蠢欲动。埃米莉肯定跟她提起过咱们俩，她知道我和你是亲姐弟，被埃米莉收养。也许她还知道埃米莉有四个亲生子女：哈基姆和萨玛拉·黛莉娅，也就是咱们叫伯伯和姑姑的两个人，至于另外两个儿子，我不知道他们的名字，那两人非常凶狠，身上文着恶魔，嘴里长着火舌。

我离开家时已经快七点了。我从包里掏出笔记本、录音机和你从西班牙寄来的信，把它们都放在那张图画边的桌子上。

出于习惯，我戴上了手表，此刻我并没有想到那天会无数次看表，其实很多次都没有真正看清时间，只是想借由这个动作催时间走快一点。天色还有些模糊，女佣望着院子里的花花草草说："晚些时候会下雨。"

正是在这一刻，很多事情发生了。厨房的钟响了，家里的电话也响了，我说不清这中间是否有过短暂的间隔。两个声音几乎同时响起，仿佛从同一处声源发出，持续响了几秒。电话铃声停下时，那个孩子用布娃娃的脑袋去撞座钟的表针，引发了一串无序的声响，就像在弹奏一架走调的钢琴。我还听到从教堂传来的钟声，已经到了最后一响，家里座钟的两个表针却还惊魂未定。我这才跑进屋里接起电话，但听筒里只剩下了噪声。

在出发去见埃米莉前，我想象着你在巴塞罗那的生活。在圣家族大教堂和地中海之间，也许你正坐在钻石广场的长椅上，也许你也在想我，想象着我正在进行的童年回忆之旅。我的回忆宛如一座幻想城市，建立于一九五四年的一个清晨……

一九五四年的那个圣诞节,你还不会走路,索拉娅·安吉拉是我的玩伴。她也想跟你玩,想对你好,但几乎每次她一出现,你就会哭。索拉娅恐怖的眼神和粗鲁的动作确实让人害怕。我记得,邻居家的孩子们都不和她玩,她也知道这一点,并不强求,就和家里的动物玩,折腾它们,骑在羊身上,揪羊耳朵,或是把猴子的尾巴打成结。索拉娅偶尔发脾气的样子是很吓人,但过后她会笑,会安静下来,用乌黑的大眼睛看着我们,仿佛接下来就会开口说出一个词;哪怕说不好,哪怕只是因为不耐烦而发出一个音节。这样的奇迹从未发生。然而,在一九五四年圣诞节夜,安娜斯塔西娅突然跑进餐厅大喊:"那孩子会写字了!"听到这句话,埃米莉的三个儿子、她哥哥埃米利奥、邻居们、朋友们都朝着后院跑去,冲在最前面的是萨玛拉·黛莉娅。她参加九日敬礼、详读每一份报纸,期望终有一日能发现一种药,帮助女儿恢复她所缺失的两感。埃米莉最后一个赶到,众人为她让路。她看到索拉娅坐在一片白叶芋中间,左手攥着红色粉笔在乌龟萨鲁阿的壳上写出一个她非常熟悉的名字。

埃米莉的双眼盯着龟壳,随着女孩的动作慢慢读出自己的名字,随即惊呼:"这是最好的圣诞礼物!"那一刻,萨玛拉·黛莉娅的脸上有了光彩,因为她的两个弟弟终于能意识到索拉娅是人而不是怪物了。

在索拉娅死去多年之后,在我离开玛瑙斯前,萨玛拉姑姑曾对我说她后悔当年在那一刻感到幸福。

"我那时还很天真,"她叹了口气,"以为弟弟们已经原谅了我未婚生女这回事,但他们只是在演戏,为了讨好母亲。埃米莉以为他们已经与我和解,但实际上,那两个人只有当着她的面才和我打招呼。弟弟们对母亲说好话，又假装很尊敬父亲，因为他们需要家里的钥匙和出去鬼混的钱。我跟母亲说过这些，你知道她怎么回答吗？你女儿天生聋哑，你这是在不讲道理。两个弟弟都很爱你，有时候他们不理解你，那是因为他们都还是孩子。青少年都叛逆。"

"是啊，他们都还很年轻，年轻且恶毒。"萨玛拉姑姑继续说，"索拉娅死的那天，他们竟然还敢从维尔达吉夫人的店里订制用瑞士丝绸制作的绢花。我觉得他们早就预感到索拉娅会死。因为意外刚发生不久，她破碎的小脑袋就有了绢花做点缀。我从未感觉如此羞耻。六年来他们从不和我说话，从不和索拉娅亲近，突然就用那么贵的绢花来装饰她毫无生气的脑袋。"

我不知道你是否还记得索拉娅·安吉拉，记得她的苦难和残酷的死亡。她会和你一起玩，你们去找蝙蝠咬过的莲雾果。好几次你半夜醒来，被悬挂在天花板上的黑色蝙蝠吓哭，第二天我会把窗户铁丝网上的洞指给你看，告诉你蝙蝠已经顺着光从那里飞出去了，飞到莲雾树顶吃果子。

那天早上你不在家。埃米莉带你去市场了，伯伯和叔叔们都还在睡觉，萨玛拉·黛莉娅和咱们的爷爷早起直接去了"巴黎人"商店。意外来得很快很突然，仿佛死亡一直在索拉娅·安吉拉身后等待时机。我和她两个人在院子里寻找蝙蝠咬过的莲雾果。其实只有我一个人在捡果子、收集虞美人花和莲雾花，把它们都放进一个篮子里。索拉娅只是偶尔帮忙，捡起被夜露打湿的果子和虞美人花。她会一直盯着长得像天鹅绒心脏的莲雾果看，还会不停地闻虞美人、兰花和其他花卉。后来我才意识到，视觉和嗅觉在一定程度上弥补了她在听说方面的缺失。

索拉娅平时会玩埃米莉给她做的一个布娃娃。我清楚地记得那个娃娃的脸。它有大大的黑眼睛，红脸蛋，如果你注意看细节，会发现它没有耳朵，嘴由一条红线来表示。索拉娅布娃娃从不离手，用花装饰它的脑袋，喂它吃水果，摆弄它的手和脸，在它身上洒古龙水。她会轻轻抚摸娃娃稻草做的头发，也会在生气时将它们都拔掉。她和娃娃一起骑在羊背上，睡觉时也要抱着它。那是充满了赞许与新发现的一段时光。索拉娅突然开始画画。她在客厅的桌布上画出一个个奇怪的图形，歪歪扭扭的，然后在墙上、喷水池的瓷砖上和萨鲁阿的龟壳上画出同样的图案，龟壳上埃米莉的名字还在。据萨玛拉姑姑说，有天晚上她看到索拉娅站在镜子前给布娃娃画口红。索拉娅看着布娃娃的脸，镜子映出她和娃娃的身影，宛如一幅画。

"我看她那么专注，就转身踮着脚尖走开了。那是我在五年里第一次忘记了她听不见声音。"萨玛拉姑姑向我吐露心怀。她悲伤的声音同样表达着埃米莉的痛苦。

我一直对索拉娅的沉默感到奇怪，不明白为什么她好像对周围的一切都漠不关心。我惊恐地看着门外的马路，一具身躯无声地倒下，看上去像是飘浮在青石路面升腾的水汽之中。我在家里四处寻找索拉娅·安吉拉的身影，树后面，绿植后面，假装找到了她，荒谬地坚信她肯定是在后院和动物玩耍，在喷水池里玩水，翻过鸡舍外面的栅栏，对着母鸡做出各种各样的手势，把它们吓醒，看着它们在笼子里扑腾。这些是索拉娅每天上午都会做的事，我们心疼她没有其他朋友，只能和动物玩，但这对她而言也许是最放松的时候，不需要语言表达，不需要被理解，可以逃避别人的目光，逃避这样一个现实：她不能说话，也听不见，她的存在只能通过无数个手势来展现。每次吃饭时，埃米莉负责照顾你和索拉娅，她忙个不停，一会儿剥水果，一会儿往你们的盘子里放吃的，你当时已经能说出一些单音节的词了，能用语言表达自己接受还是拒绝某样食物，而索拉娅只会把盘子推开，摇头，或是朝着想吃的食物伸脑袋。有时她会转头看着你，看向你的嘴，好像是在想："我从什么时候开始没有了语言？"或者"我什么时候发现自己不能说话？"也许她嫉妒你，因为你当时那么小就已经能说出一些句子，即便说得不完整，不连贯，也会有人回应你，你因此而感知到周围世界的存在。

我看到有很多人从路上、军营门口、广场和附近的房子跑向撞击现场。埃米莉也在其中，她抱着你，眼睛在寻找我。我在莲雾树的树荫下站了一会儿，然后决定上楼叫人。二楼十分安静，完全没有受到外面的影响。我穿过走廊，停在哈基姆伯伯的卧室门口，他正在吊床里睡觉。我听着他缓慢有节奏的呼吸，不敢叫醒他。吊床下面堆着一些书，都是他平时常看的，反复看过很多遍。你曾经坐在那堆书上，伯伯在你边上看书，他会给你看里面的插画，有欢爱的画面，也有主人公去世的场景；他教你念出主人公复杂的名字，你从喉咙深处发出几个音节。听过你模仿着念出的斯拉夫语名字后，哈基姆打趣说那些复杂人名也就只有两岁孩子和索拉娅能正确念出来。埃米莉这三个儿子当中，只有哈基姆会逗我们，他会拉着索拉娅一起散步，但是瞒着萨玛拉姑姑，怕她发现后会把那句她从索拉娅出生起就重复过很多遍的话甩在他脸上："你们都不配碰我女儿。"然而，哈基姆并未因妹妹的反对而退缩，虽然他明白萨玛拉禁止他们接近索拉娅的原因。在一九五四年圣诞节前的几个月，萨玛拉怀疑哈基姆曾偷偷带着索拉娅到外面散步。在饭桌上，两人之间的气氛很尴尬。索拉娅模仿她在外面看到的事物：正在爬树的树懒，军营前面的哨兵铜像，在广场上和野狗对话的一对意大利双胞胎兄弟。索拉娅记住了散步时看到的一切，就好像她光凭视线就能阐释或复制世界。我们逐渐习惯了看她演绎发生在这座城市的事，索拉娅借由夸张的动作把很多趣事带进了家门。她模仿那对给野狗讲故事的双胞胎兄弟，他们会在每天上午的固定时间到达广场，坐在槐树下的一把长椅上。索拉娅能同时模仿兄弟两人，快速转换动作和表情。除了萨玛拉的两个弟弟，其他人都笑了。索拉娅的模仿一直持续到该午睡的时候。有一点令我感到困惑，那就是埃米莉笑过之后会陷入沉思：索拉娅外出散步这件事令她不高兴。萨玛拉姑姑装作若无其事，但她其实很担心索拉娅，尽管她并没有禁止女儿偶尔和哈基姆出去散步。

"我看见索拉娅拿着布娃娃在外面散步，她手里的布娃娃吸引了路上所有小女孩的目光，我因此而感谢上帝。但在那场意外发生后，我恨这世界上所有的布娃娃。"萨玛拉姑姑曾这样说，就在我前去拜访并告知她我要离开玛瑙斯的那天。

那时姑姑就住在"巴黎人"，和爷爷一起经营店里的生意。她在这方面能力出众。爷爷会把一些他都觉得难办的任务交给她，比如调查顾客的喜好，选择要引进的商品。那时她很少回家，除了在"巴黎人"的工作，她的生活对我们所有人来说都是个谜。爷爷曾说姑姑每年会出游几次，没人知道她去哪，也没人知道为何而去。每次都很突然，且时间短暂。他会在吃午饭的时候通知大家：

| 第一章 |

"萨玛拉已经在回来的路上了。"

有一次,他说完这句话之后,萨玛拉的一个弟弟说:

"从她的秘密住所回来……"

此时的爷爷已经不像从前那样有气势了,懒得再管教最年幼的两个儿子。曾经他骂他们是野猪,用皮带吓唬他们。索拉娅·安吉拉出生后,他尝试让两个儿子与萨玛拉和解,但多次努力都没有结果,最后他放弃了,说无论那两人以后怎样,都与他无关。作为上了年纪的一家之主,他把时间用在玩西洋棋和给你讲故事上。他发自内心多次称赞自己的女儿,以至于埃米莉怀疑他是不是精神出了问题。

"我是看不懂了。"埃米莉说,"我不知道他什么时候是清醒的,什么时候在发疯。"

实际上,爷爷在称赞她的时候最清醒。他年轻时无比严肃、严苛的形象随着时间流逝而慢慢消解。在对他性格的各种评价中,能让所有人一致同意的是:他是一个崇尚孤独的慷慨之人。我在他的帮助之下才得以离开玛瑙斯到外面求学。从咱们出现在这个家里,到我离开那一天,爷爷从来没有对我们的存在表示不满。我们和他的亲生子女享有同样的欢乐与权利，这缓解了我们心里由绝望的生父和痛苦的生母造成的愤怒和坏心情。家里任何人都不排斥我们。在共同生活的时候，爷爷坚持要把我们的身份和来历讲清楚，只用寥寥几句，不带怜悯和夸张。

萨玛拉姑姑因为她哥哥哈基姆离开了玛瑙斯而难过。她有些抱怨地说："他离开快十年了，一封信都没有给我写过。"过去的事已不再像从前那样折磨着她。也许正因如此，萨玛拉才可以不带任何怨恨、平静地回忆过去。她表情柔和，但衣着仍像在服丧：身穿黑色连衣裙，头上围着黑色的丝巾，颈间的珍珠项链属于埃米莉。萨玛拉姑姑身上还保留着从前那种谦逊有礼但疏离的感觉，说话时依旧习惯侧着脸。她又说回到女儿身上：

"那孩子多漂亮啊，一头金色鬈发，身材也苗条。我每天早上醒来都等不及要看她的照片。埃米莉偶尔会来'巴黎人'，在我的房间里哭，我不知道她为谁而哭，或者说是什么让她那么难过，也许是因为想念哈基姆？想念索拉娅？因为她的儿子们所做的蠢事？"

萨玛拉姑姑看着我说：

"你知道的，我从不需要那两个弟弟，但是埃米莉……离开她我该怎么活？"

没人能远离埃米莉，也无法反驳她所坚持的事，比如留着那个并未在车祸中被毁的布娃娃。埃米莉把它收好，禁止女儿把娃娃烧掉。将这个娃娃从几个孩子手里抢回来的是哈基姆伯伯，就在车祸发生后不久。我摇晃着吊床，想把他叫醒，他额头上的眼镜滑落到地上。哈基姆艰难地睁开双眼，但人还没有清醒，似乎仍陷在某个特殊的梦境之中，他笑着对我说了句"真漂亮"之后就再次闭上了眼睛。于是我用力摇晃吊床，把篮子里的花和种子扔到他脸上，喊了几声，用手指着外面的马路：事故现场。哈基姆跳了起来，看着我，我躺进吊床，想着聚集在路上的人群，担心着你，我去找过你，但只看见埃米莉扑在盖着白布的索拉娅身上哭，白布被血染红了，她身边有散落在地的鱼、蔬菜和水果。士兵们呵斥想要偷拿这些东西的人。索拉娅的身体附近有一摊血，几个印第安小孩反复从上面跳过，想要吸引士兵的注意。卡其布制服的颜色与孩子们的肤色相近。

在强烈的日光下,一切看起来都是古铜色的,只有埃米莉裙子上的绣花和白布上的血污格外显眼。血污仍在蔓延。在脑袋的位置,红色最为集中也最为浓烈,仿佛在那里炸开。那是我童年里最痛苦的画面之一,也许正因为如此,我才坚持要在写给你的信里用两三页篇幅来回忆此事。在回信中,你说我是享有特权的人,记忆的特权,因为发生那些事的时候我已经能清楚地记事了,无论好事还是坏事。在一封回信中,你写道:"人有了记忆,生命才真正开始。在那个晴朗又不幸的早晨,你记住了埃米莉手臂上的四个金手镯和她裙子上的绣花。你多么幸运,能想起这一切。而我呢?既没有惊恐,也没有悲伤,我只记得有索拉娅这么一个人,她比我高很多,我能想起她的手抚摸着我的脸,想起她很喜欢动物。我不记得自己有没有注意到她的消失,如果有的话,那对我而言就是一个谜。埃米莉在接下来的几年里对我说:'你表姐出远门了……'我几乎算是见证了她的死亡,但我是个无效的证人,根本记不起自己当时身在何处。"那一整天你都在说着在市场看到的鱼和其他动物,并不明白家里的悲伤氛围。你那天穿了一件麻纱衬衫,上面有埃米莉绣的两个马头，由马的面部轮廓和鬃毛组成。我们看到的你是这样的：上身穿着垂到膝盖的衬衫，脚上穿一双军靴，靴子上绣着你名字的首字母，白色的袜子提到膝盖。你从头到脚的这身行头看起来并不搭配：靴子、绣花、长袜，都是按埃米莉的喜好挑选的。她把你放到高脚椅上，你的两条腿悬在空中，你感觉到一阵晕眩，因为地面看上去就像深渊。你在高处如同一座雕像，一个玩具，供大人们观赏。她们观察你的脸和你身上露出来的一小部分皮肤。你的宝座被小心翼翼地安置在院子里的爬藤架下，藤蔓为你遮挡炎炎烈日。你身边围着一群女人，她们脸上涂着厚厚的粉，像是戴着一张微笑的面具。她们仿佛要把你吃掉，你的每一个动作都能让她们发出尖叫。所有人都在争夺你身边的位置，拿着扇子想要给你扇风。你是埃米莉的小小偶像。

埃米莉很享受这样的时刻，简直想把你放进永久充满空气的玻璃罩里供着。我想说，她对你的这种过度崇拜对其他孩子而言是一种羞辱。毕竟谁不想坐在那张高脚椅上，享受扇子的凉风，被周围人的赞美包围呢？你在不知不觉中已经走进了神龛。你满两岁的时候，爬藤架下的石板路被拆除了。那时你已经能自己走路，但身边仍然围着一群女人。她们身上散发的味道就像她们的名字一样奇怪：门塔哈，印吉艾，雅思米妮。你怀念和索拉娅·安吉拉一起在地上爬着玩的日子，你们把脑袋贴在地面上观察蚂蚁，跟在一列火蚁后面，走到一棵树下，看着火蚁在那里消失。你们俩开始追踪另一队蚂蚁，走到院子更深的角落，最终发现了蚂蚁的老家，那是一个个复杂的地下迷宫，还有一座座小山似的蚁穴。蚂蚁在其中爬来爬去，消失在一个地方，从另一个地方钻出来。你们都知道院子里的一些石头温度非常高，像火一样烫。你知道它们很危险，索拉娅却总是要用手指、手掌和脸去挑战。有一次，她把脸往滚烫的石头上蹭，然后立刻朝喷水池跑去。她的脸上留下了一条火舌，没有声音能表达她的痛苦，只有紧皱的眉头和紧闭的双眼，索拉娅用喷水池的水缓解脸上的痛楚。她不在了以后，你变得无精打采，自己一个人看着后院的蚁穴，再也不能站在她的影子里躲避阳光。你远远看着喷水池，看着索拉娅肿起来的脸，看着水柱间的笑脸和鬈发，哭了起来。

索拉娅拿着一瓢水回来的时候，你已经不哭了。她撩水往你身上泼，带你去看院子里的马赛克瓷砖，看喷泉，看假装已沉睡百年的褐色石雕。那雕像很奇怪，偶尔会在清晨出现在喷水池边，昏暗的天色让人误将它当作喷泉本体。而在一天中的其他时间，它又不见了，我多少次找遍前后院和房子侧面的走廊，都找不到。有一次，我因为找不到一只虫子而感到沮丧，它行动很慢，这份缓慢是它在一个多世纪里的生存之道，对想抓它又抓不住的人来说则是一种羞辱。就在我已经把这只虫子忘在脑后时，突然在地上的一堆叶子里看见它，吓了一跳。它能被我看到，不是因为质感和叶子不同，而是因为它动了。和有壳动物不同，这只虫子不可避免地暴露在时间、外部和世界面前。

　　我透过镜子看着你和索拉娅两个人坐在黑色大钟前。那是我见过的所有钟里最安静的一座，也是家里最令索拉娅着迷的物品。她可以在钟前坐几个小时，盯着表针看，等待黑色箭头在准点规律跳动，那也是无声的。我想起她待在钟前的样子，她对钟声没有任何反应。那沉重的声音让我耳朵疼，所以我会在中午十二点远离那座钟。没人能够忍受那如雷鸣般突如其来的声音。索拉娅从小就对十二点的钟声无动于衷。一开始我觉得她可能是在玩,后来才意识到她的眼睛始终盯在黑钟上,就连埃米莉走近,她也没有反应。索拉娅只能感受到震动。埃米莉打开表盘,伸手到钟体内翻找着什么,她掏出一把钥匙,然后继续在钟里摸索,找寻能藏钥匙的缝隙。

在家里所有的物品中,索拉娅·安吉拉只对这座钟感兴趣。哈基姆伯伯知道很多关于黑钟的奇奇怪怪的故事。据他说,在购买这栋房子的时候——那是二十世纪三十年代,埃米莉和卖房的马赛人协商了好几个月才终于把这座钟留下来。双方都不愿让步,这笔买卖差点就没做成,爷爷当着埃米莉的面发了火,说不能为了一座钟而让之前的所有努力白白浪费。

"我们可是冒着回黎巴嫩的风险。"爷爷说。[1]

"那也好,"埃米莉反驳道,"在黎巴嫩,我想要的钟已经有了,还可以想说什么就说什么,不用查字典,也不用担心

---

[1] 十九世纪末至二十世纪三四十年代,大量黎巴嫩基督徒离开中东,涌入巴西。时至今日,巴西黎巴嫩裔人口的数量甚至已超过黎巴嫩本土人口数量。巴西的黎巴嫩裔多信仰基督教,也有部分穆斯林。——译者注,下同

发音。"

经过四个月的协商,双方最终达成一致。不只是那座钟、威尼斯镜子、装饰艺术风的椅子和一套带有象牙手柄的银质餐具也都归埃米莉所有。作为交换,埃米莉给了那个马赛人两匹从里昂进口的布料和一只有法国南部口音的鹦鹉,它会用法语说"马赛""法国"和"热烈欢迎"。与这只鹦鹉分离令埃米莉感到难过,那是她的朋友印吉艾·贡赛桑送给她的礼物,印吉艾花了很长时间训练它说话。鹦鹉生活在"巴黎人"的后院,每天傍晚它会祈祷一句"万福玛利亚",还会背诵《申命记》中的诗句。来到店里的顾客和来拜访的邻居还以为那声音是收音机发出来的,是来自海的另一边的弥撒和祷告。爷爷好像纠正过他们,说:"在亚马孙这里,重复使徒之言的是长满彩色羽毛的鸟,它在不虔诚者的脑袋上拉屎。"鹦鹉劳丽像上弦玩具一样背诵着基督教诗句,爷爷对此十分生气,想把它从后院赶出去。埃米莉也知道这事,但令她对鹦鹉不再痴迷的原因并不在此,而是因为劳丽总和家里的一个女佣对着干。那时安娜斯塔西娅还没来家里,这个女佣是埃米莉去巴西援助协会从许多被遗弃的黑人女孩里挑来的。当时女孩太过饥饿和难过，以至于忘记了自己的姓名，只能通过手势和叹气与人交流。鹦鹉劳丽第一次见新女佣就不喜欢她，不接受她递过去的香蕉和木瓜，也拒绝了木薯粉和牛奶。每当它看到女佣的身影出现在院子里，就会停止唱歌和祈祷。埃米莉容忍了鹦鹉的顽固，但最终还是把女佣给开除了，就在她发现鹦鹉的喙上被人涂了黏稠的口水和盐的混合物后。从那以后，鹦鹉就不开口说话了。在她和马赛人协商的几个月里，印吉艾把劳丽带回了自己家，致力于帮它恢复说话能力。成功之后，她又教了鹦鹉几句法语。马赛人在听过劳丽说法语后，非常激动，他怕鹦鹉飞走，便把它的羽毛都剃掉了，把它关进一个竹笼，还把它的名字改成了斯特莱伯恩，完全没有考虑鹦鹉的性别。马赛人在太阳大道经营着一家名为"巴黎都市"的餐厅，大笼子里能说法语的鹦鹉令顾客惊叹不已。笼子吊在天花板的风扇下方，宛如巨大的动态雕塑在八米层距间旋转。风扇停止转动后，人们才看见蜷缩着的鹦鹉。没有风吹着，斯特莱伯恩恢复了正常。炎热把闪亮的羽毛和优雅的姿态还给了它，鹦鹉重复着新学会的话："我要去马赛,你呢?"听不懂的顾客笑了笑,能听懂的则陷入悲伤,因为他们不可能回到马赛了,只能陷在对法国南部的思念中,消磨自己。埃米莉听说餐厅老板让劳丽吹风扇之后非常生气。餐厅老板则说他希望能以此来锻炼鹦鹉,让它适应欧洲的冷风。有一天,埃米莉去找那个老板,却在餐厅门口停下了脚步,她看到鸟笼下面聚集着很多法国人,手上拿着红酒或香槟,抬头看着鹦鹉;一个盲人正在用手风琴演奏法国国歌。埃米莉转身离开,回到家里。她生气地说:

"那么多公鸡到处跑,他们却把一只鹦鹉当成了祖国的象征。就差把我的小鹦鹉染成红白蓝三个颜色了!"

我爷爷,还有我们所有人在很长一段时间里都不明白为何埃米莉非要得到那座钟。如果说玛瑙斯和的黎波里有相似之处,那也不在于它们都是港口城市,有大量集市,充斥着工人和渔夫的喊声,或者两地居民的肤色相近。实际上,比起相似之处,到达玛瑙斯港的人会看到更多不同之处,因为换一个港口就意味着生活会发生变化。海景不一样,玛瑙斯没有覆盖着白雪的山脉;宗教信仰也不一样;还有最重要的一点,来到这里的人需要用另一种语言召唤上帝。然而，有一个相同之处统治着所有不同：无论是在玛瑙斯，还是在的黎波里，推动人们开启新一天生活的绝对不是时钟，决定一天结束的也不是。太阳的光亮，鸟儿的叫声，人们的喧嚣，标志着一天的开启。沉默宣告着夜晚的到来。埃米莉的生活配合着日出到日落的进程，她并不在意家里的时钟、圣母教堂的钟和每天三次报时的小号声。她不喜欢每隔六小时就有人吹一次号，号声在城市上空回荡——城里的人都是听着鸡鸣起床的。正因为如此，爷爷对埃米莉坚持要钟的举动非常不理解。家里的二层小楼一建好，埃米莉就把钟搬了过去。镜子和其他家具是后来才搬过去的。至此，"巴黎人"彻底变成了工作场所。

我也总想知道埃米莉对那座黑钟感兴趣的理由。三个儿子里，哈基姆知道的秘密最多。他回到玛瑙斯的时候，埃米莉已经去世了。在飞行了十个小时，经历数次转机后，哈基姆于周五傍晚到达。他的行李中有非常丰富的东方美食，还有一盒不可或缺的波斯烟丝——他们平时抽水烟一般只用产自德黑兰的烟丝。哈基姆回来时心里还抱有一丝希望，毕竟一向细心周到的舅爷埃米利奥没有告诉他实情,只说埃米莉很难过,很想念他,求他回来一趟,在周五晚上太阳落山之前。哈基姆同意了,并未要求埃米莉接电话,他知道母亲如今有点耳聋,只能与包括印吉艾在内的两三个人交流,还必须是用阿拉伯语慢慢地喊出来。傍晚我们从墓地回来,见到了等在大房子花园里的哈基姆。房门锁了,他进不去,只能从外面观察。片刻后,他看到车队慢慢驶来,穿着黑衣的女人们下车与他打招呼,那一刻哈基姆意识到自己不祥的预感成真了,顿时感到十分难过。他用双手快速梳理了一下花白的头发,拽了拽身上的亚麻大衣,保持着体面与大家打招呼,脸上带着不确定的神情,多年未见的思念本该让这场重逢无比激动,但现实情况却只是简单的一个握手和"节哀顺变"的拥抱。大家围在哈基姆身边,有人坐在他的行李箱上哭泣,有人在院子里寻找着埃米莉生活过的痕迹。众人并没有进入客厅,因为那里还充斥着蜡烛熔化的味道。终于,哈基姆伯伯开始讲话,我在远处听着他的讲述,那声音在询问,同时也在回答,他唯一在意的是要让声音保持平静,好让埃米莉的朋友们和舅爷埃米利奥不要每分每秒都在为当天早上发生的不幸感到难过。舅爷趁着哈基姆讲话的间歇，告诉他我也回来了。埃米利奥的声音十分激动，好像在揭发我这个悄无声息的观察者。有那么一会儿，哀悼为热情让步，我和哈基姆伯伯拥抱，他抱怨说我们俩都在南方生活，在临近的两个州，我却只去看过他一次，还是在很多年前。

上了年纪的哈基姆伯伯有点驼背，但依旧保持着年轻时的优雅，并且在一直以来的单身生活中学会了适度的礼貌。他请众人把门打开，想进屋给大家分礼物。他坐在客厅的沙发上，意识到那是他曾经坐过的沙发。印吉艾对这里了如指掌，主动去给大家准备咖啡。哈基姆打开行李箱，希望分礼物能减轻大家的坏心情，因为这个空间和里面的所有人仍然被埃米莉留下的阴影笼罩着。他从两个行李箱里拿出五颜六色的礼物送给大家，就连他不认识的人也有份。有一些礼物摊开在波斯地毯上，因为有些朋友并不在场，等日后遇到了再说。只有一个袋子没拆，它永远也不会拆开了。

一些人边拆礼物边笑着表示感谢。每个人的礼物都很适合他们。即便如此，大家依旧情绪不高，于是哈基姆开始询问每个人的生活，然而对话仍旧笼罩在死亡的光晕之中。哈基姆伯伯不知道他还能做什么，只能放任自己沉浸在伤痛里，明明他很努力在消解这份悲痛。哈基姆和其他人一起分享着哀悼与思念，只是他的方式更加夸张，近乎凶残，令印吉艾·贡赛桑浑身颤抖，差点端不住手里的托盘，上面是一杯杯咖啡。哈基姆的反应令我惊讶，以至于我都没注意到又有一些人来，都是埃米莉的朋友。所有人的注意力都被哈基姆的一个问题所吸引：

"你们还记得埃米莉以前是怎么做的吗？"他喝下最后一口咖啡。"她让大家把咖啡杯倒扣在托盘上，然后通过观察凝固在杯底的黑色痕迹来分析每个人的命运。"

众人聊了一整晚，大家在听别人讲述过去的时候都忍不住插嘴评论或补充。有人打开一盒盒巧克力糖，为了搭配新一轮的咖啡，之后还有果汁、白酒，没准大家还会在半夜做一顿饭。这一切都让我想起埃米莉。我急切地想知道她以前的生活，在我被她收养之前。我在谈话声和哭声的掩护下悄悄离开客厅，走出房子，没和任何人打招呼。即将走出院门时，我感觉身后有人跟了过来，是哈基姆伯伯来和我道别。

"你有萨玛拉·黛莉娅的消息吗？"他问。

"没有。"我说，"埃米利奥舅爷说她离开了'巴黎人'，没人知道她去了哪里。"

我想知道哈基姆伯伯会在玛瑙斯待多久。他略带担忧地看了看周围，像是怕有人突然出现在我们身边，他说：

"待到我见到萨玛拉为止。"

我对他说想跟他聊聊，就我们两个人。我提到那座黑色的钟和其他许多令我好奇的东西。他承诺说等休息好了就会联系我。

"我可以把剩下的人生都用来讲述过去。"他用非常轻松的声音说道。

我们的谈话发生在周日晚上，在院子里的爬藤架下，正好就在我们住过的房间窗户下方。周一早晨，哈基姆伯伯的讲述仍在继续。他只暂停了一次，去看院子里的动物，顺便到喷水池边打湿脸和头发。他回来的时候更加有活力了，满脑子都是曾经发生的场景与对话，仿佛刚刚找到了打开记忆的钥匙。

第二章

我年少时也有同样的好奇，或者比那更早：从出生就有。我问过母亲很多次，为何那座黑钟对她来说如此特别。在多次闪烁其词后，她让我重复儿时对着满月说的一句话。那时我应该只有三岁，用手指着漆黑的夜空说道："那是夜晚的光。"埃米莉从我的童年里找到了不正面回答问题的方法。多年之后，我从埃米莉的朋友印吉艾·贡赛桑口中得知了一些事情，才终于搞清楚问题的答案。印吉艾向我讲述了埃米莉人生中一段灰暗的时光。那时我母亲和她的两个哥哥——埃米利奥和埃米尔——留在的黎波里,由亲戚照顾,而我的外祖父母——法代尔和萨米拉——选择冒险去寻找一片土地,那就是亚马孙。埃米莉无法承受与父母的分离之痛。

在贝鲁特分别的那个清晨,她挣脱兄长们的怀抱,跑到埃阿卜林修道院藏了起来,她母亲跟她提起过那里。两个哥哥走遍了黎巴嫩山[1]寻找她,两周后,他们听到有传言说法代尔的女儿加入了阿卜林修道院的修女会。得知妹妹想要过终生隐居的生活,埃米尔大闹了一场:他冲进修道院,对那里庄重的氛围不抱一丝尊重,大声喊着埃米莉的名字,要求见她。他看到妹妹一身白袍,脸被带褶皱的修女头巾隐隐遮住。这景象或许比妹妹从港口跑开时更加刺激埃米尔,导致他做出了随后的举动:他从包里掏出一把手枪,抵在自己的太阳穴上,威胁说如果妹妹不离开修道院,他就自杀。埃米莉在哥哥脚边跪下,修女会会长从中调和,让她随埃米尔离开,说无论她身在何处,只要想为上帝服务,上帝就会接受她。

这对埃米莉来说是一次重击。她同意当天就离开修道院,

---

[1] 黎巴嫩山:黎巴嫩山省是黎巴嫩中部的一个省份,东枕黎巴嫩山脉。

但请求允许她完成上午的祈祷,并在正午时分敲响结束祈祷的钟声。最初是副会长维吉妮·博莱德修女把敲钟这一任务交给她的,只需要把连着钟的绳子往下拽十二次。之所以让埃米莉负责敲响挂在走廊天花板上的钟,是因为她曾对修女会会长房间墙上挂着的一座黑色摆钟表现出痴迷。埃米莉第一次进入那个房间时恰好是正午,在会长开口前,她听到了摆钟发出的十二响。那声音令她张大了嘴,欣喜若狂。印吉艾·贡赛桑多次向我描述过埃米莉如何闭上双眼回忆那一刻。

埃米莉说那是一种仿佛发自天地之间的既庄严又和谐的声音,它在空气中回荡、延展,一如上帝和圣言所散发的温热的仁慈。她把绵延的钟声比作在痛苦的黑夜里唤醒并指引信徒走向圣坛的万千密语。在那里,悔恨、无知与不幸通过沉默和冥想受到召唤。也许正因如此,在玛瑙斯,每当圣母教堂的钟声响起,在空气中回荡,几不可闻的余韵像云一样笼罩在院子上空,埃米莉就会停下一切。她原本正在擦拭石雕,暴雨过后,天使雕像上沾满了泥土。钟声一响,她就停下手上的动作,也不再使唤安娜斯塔西娅,就只凝视着天空,想要在清澈明朗的蓝天白云间找到记忆里那个有水晶表盖的黑色钟体、金色罗马数字、表针和金属钟摆。

关于那座钟以及母亲在阿卜林修道院的经历,印吉艾就只讲了这些。她拿起一把装饰着羽毛的大扇子扇起来,并未放下手里攥着的水烟管。她只在需要喘口气的时候才停止讲述,用裙子一角擦拭汗水。印吉艾在从不脱掉的长袍之下贴身穿了一件近乎透明的布衣,毫不介意它随着自己的动作露出来,也不为此感到羞耻。她这种天生的不害臊令她和家里的"孩子们"变得亲密起来。我当时快十八岁了,但我瘦弱的身体和谦逊的脾气似乎拉大了我们之间的年龄差距。她扇扇子的时候,全身都在颤动,烟和暖风一阵阵吹到我的脸上。我听着她滔滔不绝地讲述往事,几乎找不到插话的机会。印吉艾太想说话了,她讲起了许久以前发生在某个圣诞前夜的一件轶事,那时我们一家仍住在"巴黎人"。

大家聚在"巴黎人"粉色大房子的餐厅,唯独不见我父亲的身影。他总是独自待在卧室里,或是到"浮城"和河边高脚屋找人聊天。那里有他熟悉的伙伴,也有刚从内陆地区过来的人。聊完天,他会走到港口,去看仓库和船只。

天还没亮,埃米莉就把我叫起来一起去院子里采花。采完花,她把萨玛拉从吊床里抱下来,我们三人坐电车到法国人聚居区去买马茶花和光叶子花。到家后,我们用木针和黄线把花朵串起来做成项链和装饰物,送给客人。埃米莉在每个瓷杯里都放上白色花瓣,把马茶花撒在地板上。邻居家的女人们都来厨房帮忙,和面、抻面,准备制作酥皮面包。她们把面抻得非常薄,薄得透光。我们透过面皮玩起看影子猜谜的游戏,或是把面皮贴在脸上做面具,盖在头上做头巾。埃米利奥舅爷负责买东西,宰羊并把它们大卸八块,扭着家禽的脖子在上面划一刀放血——这是我父亲的要求。只有一次他们用了其他屠宰方法。把家禽灌醉,甩它们的脖子,把它们弄得晕头转向,慢慢死去,双眼像烧红的炭,脖子拧成细绳。"这样的牺牲就是基督徒的杰作。"我父亲说,他知道印吉艾曾在其他人家用过这种宰杀方法,这在玛瑙斯已推广开来。在那个圣诞节的前一日,印吉艾带着一瓶白酒来到家里,她灌醉了十二只鸡和四只火鸡,在每只家禽颈上系好绳子,请邻居们来围观屠杀。我从未忘记那个场景，那些家禽绕着圈扑腾，颈上的绳子随每一下动作收紧。印吉艾拍手大笑，毫不介意露出她发黑的牙床，也不在乎聚集在她及腰长发上的苍蝇。那个下午，我在远处看着一切，既好奇又害怕。印吉艾对待每个孩子都像是亲生的，给予他们过多的亲吻、拥抱和温柔的言语，她家附近的孩子都遭遇过这种令人感到生理性不适的过度热情，它并没有母爱的自然感。也许正因如此，在孩提时代，印吉艾的出现总令我感到窒息，想回避她。她丑陋的相貌和随意的身体接触倒不是最大的原因，我更受不了她跟着我，更准确地说是追着我，张开双臂挥舞着。对一个孩子来说，那就像是章鱼的一对触角，巨大且充满威胁。印吉艾总是用力拍手宣告她的到来，大声喊着埃米莉的名字，声音回荡在"巴黎人"的每一个房间。我和萨玛拉会跑到最隐蔽的角落，躲在吊床里，听着那喧闹的声音在房子里移动。然而，她身上最让人厌恶的是气味，总有一股酸臭味飘在她周围。童年记忆中总有令人难忘的气味。我离开玛瑙斯的这些年，也许不能在记忆中呈现出印吉艾的完整形象，但她身上散发的味道就像一股来自远方的永恒的风，始终追随着我。父亲曾说，那味比长尾虎猫身上的气味更加令人作呕。他曾打趣地悄悄对我说：这女人要是进了丛林，发情的虎猫会舔她的腿。

那个圣诞之后，我父亲和印吉艾疏远了。直到今天我也不知道他是如何发现那些鸡和火鸡是先被灌了白酒才被拧断脖子的。印吉艾对他也不客气，她在聊天时告诉我：

"你爸的鼻子比狗鼻子还灵。后院茉莉花香味那么浓，他都还能闻出酒味。"

父亲回来的时候，一脸严肃，没跟任何人打招呼。那是属于聚会和美食的夜晚，充满欢声笑语，人们跳舞，对客厅里五颜六色、万花筒般的装饰赞不绝口，我们却觉得好像有一根绷紧了的线，随时可能断掉。

房间的角落有一棵圣诞树，上面挂满了吊饰。树下透明的盒子里有彩纸包装好的礼物。玻璃柜里摆着一盘盘甜点、巧克力、干果和本地的几种水果派。房间天花板上堆满了彩色气球。屋里散落着由彩色皱纹纸卷成的花球，花球也用来装饰一盒盒有栗子夹心的焦糖和巧克力。太多色彩斑斓的装饰让圣诞聚会看起来像是在为狂欢节做准备，只差面具和变装，这次圣诞宴就能变成异教聚会。

午夜到来之前,留声机放着葡萄牙歌曲和东方音乐,大家跟着节奏拍手。附近的外国邻居们来拜访埃米莉,打扮得很正式,还留下来看门塔哈的女儿跳舞。要不是有埃米莉和一位不期而至的宾客在,这个晚上就毁了。

从黄昏起,我父亲大部分时间都独自待在卧室里。所有人都能感觉到他憋了一股火,需要谨慎对待。埃米莉继续忙前忙后,虽然她知道周围的人都在担心,预感到一场闹剧即将上演。

"我建议你妈妈去跟他聊聊,但她可不是个会讨好别人的人。"印吉艾说,"我问她你爸爸为什么不高兴。"

"应该是破了圣书的哪条戒律了吧。"埃米莉讽刺道,"但今天决定什么能做什么不能做的人是我,不是什么自称先知的文盲。"

客厅里人声喧闹,突然传来踩在木地板上的脚步声和用力关门的声音。所有谈话都停了,但有一只手调大了留声机的音量,即便如此,除了埃米莉,每个人的姿态都少了一份随意,全部僵在那里,就像定在照片中。父亲穿过客厅和店铺,神情高傲，向众人点头示意，眼睛却没有看任何人。那些犹豫着是否要和他握手的人松了一口气，因为他手上拿着一堆东西，就像是要去穿越沙漠：有镶着珍珠贝母的水烟枪、装在玻璃瓶里的南瓜子、面包和香料，还有一台荷兰收音机。它有八个频段，能接收西方和东方的电波，能收听开罗和贝鲁特的电台，让他了解两地的最新消息，还能收听音乐节目以及穆斯林宣礼员强有力的声音。他把宣礼声录下来送给我做礼物。

所有人都在窃窃私语，就连邻居阿尔敏达阿姨也收起了笑容，她可是个面对人生最大困难也不忘露出笑脸的人。我站在萨玛拉身边，握着她汗湿的手。我们都在出冷汗。印吉艾说我父亲一个眼神就能惹怒她，但他那天离开时没有看向任何人。埃米莉拍起手来，说着些有的没的，把我从萨玛拉身边拉开，和她一起跳舞，我们边跳边笑。明亮的房间中不再有父亲留下的阴影。其他人也加入我们，就好像是画里的人活了，雕像会动了。阿尔敏达也重新露出了笑容。印吉艾把桌上的花瓶收起来，从烤箱里拿出酥皮馅饼和肉馅面包。

"我给每个人都排好了座位，也不知道有谁要参加午夜的公鸡弥撒。"印吉艾继续说。她急切地吸着水烟，边吸边喘，拿着扇子的手抖得像蜂鸟的翅膀。

母亲也不跳舞了，带我走到桌边，让大家留下来吃圣诞大餐。很多人都留下了。她非常自然地把我放在了主座上，那是父亲的固定位置，然后向众人表示她要去换掉汗湿的衣服，马上就回来。母亲确实很快就回来了，但她的脸上没了光彩。人们开始小声议论，印吉艾向她走去，想试着解决问题。

"她进客厅的时候说她头疼。"印吉艾说，"你妈妈不想跟我说，很快就走开了，去给孩子们倒果汁。要是有人称赞哪个菜好吃，她就讲一下怎么做，声音听起来有些不安，你不记得了？"

我记得吃饭的时候，母亲一直在我旁边，她一边喂萨玛拉，一边看我吃得怎么样。母亲吃着面包，询问阿尔敏达是否有葡萄牙亲戚的消息，还向萨拉·贝奈莫询问了犹太会堂什么时候建好、拉巴特那边的人吃不吃塔布勒沙拉和羊肉馅面包。她向众人投去热切的目光，询问他们知不知道多奈尔就要回来了。

"他六七年前住在玛瑙斯，"埃米莉说，"后来去丛林游历了很长时间,又去南部拜访亲戚。"

"那时候你还是单身呢。"艾斯梅拉达说。

"单身,快乐也不快乐。"埃米莉说道,目光在白墙上找寻一个椭圆相框。"这个德国人认识我丈夫,还和埃米尔是朋友。"

埃米莉的声音略显紧张,微微颤抖,这引起了众人的兴趣。但她没再说下去。所有人都看向那个椭圆相框,相片上有一个年轻人,他的眼神让每个看向他的人都想要移开视线,在墙上寻找其他东西,但只是徒劳,这张照片是白墙上唯一的点缀。

"有一天我在极点咖啡厅的门口看见多奈尔了。"艾斯梅拉达说,"他和以前的朋友们聚会呢,想知道最近有没有人结婚或者过生日。看起来这次他不打算再离开了。"

阿尔敏达觉得他这个人慷慨、博学,但有不少怪癖,对什么都感兴趣,什么都想收集。除此之外,他还喜欢出其不意。阿尔敏达从包里掏出一张照片,上面是她受到惊吓时略显苍白的笑脸,在窗台上的绣球花之间。

"他突然就拍了。"阿尔敏达拿着照片说。

埃米莉后悔没把多奈尔请来,那个可怜人在这里没有家,要独自过圣诞。她说会一直欢迎外国友人们来家里,话还没说完,我们就听到拍手的声音,一句"晚上好"和"祝所有人圣诞快乐"。一个高大的身影快步向客厅走来,孩子们都被他略显不协调的步伐逗笑了。他脸上有红斑,左手缠着一根带子,连着一个箱子,被他紧紧抓在手里,就像老鹰抓着猎物。"正说你呢,你就来了!"阿尔敏达叹道,一口完美的葡萄牙米尼奥口音。来者挨个问候大家,弯腰亲吻女士们的手背,又摸摸孩子们的头。他走到阿尔敏达身边,把她仍然拿着照片的手举到她的脸边,然后松开缠在左手上的带子,像猫科动物一般迅捷地从箱子里拿出相机和闪光灯。随着一声响,我们沉浸在令人眩晕的白光之中,什么也看不见了。当所有人和物重新出现在视野里时,两个阿尔敏达都还在笑,一个毫无畏惧,另一个受到惊吓。一周后,多奈尔给大家看了照片,打消了我们由来已久的疑惑:阿尔敏达的笑容不是真的笑,而是童年时期养成的一种肌肉记忆,正如我们的邻居艾斯梅拉达对印吉艾·贡赛桑所透露的那样。

所有邻居都想知道那个圣诞夜到底发生了什么。他们怀疑我父亲没有回家睡觉,一直在外面,不知去向。摄影师的突然到来对埃米莉而言是一种安慰,避免了尴尬。

"没有这件事的话,"印吉艾继续说,"你妈妈会不停地说话,不停地吃东西,好让自己不要一下子泄了气,就像第二天早上那样。我一大早就去了'巴黎人',客厅和我前一夜离开时一样乱。"

一大群火蚁被蜂蜜和面包屑的味道吸引,入侵玻璃柜,桌上散落着骨头、果核和果皮,苍蝇围着瓷盘打转。餐桌布上绣着一幅画:猎人在溪边追踪一只白鸟和一只开屏的孔雀,桌布已经沾满了油污和饮料渍。那天是安娜斯塔西娅唯一的休息日,她一大早就去亲戚家了,晚上才会回来,所以埃米莉得肩负起整理和打扫的重任,好让"巴黎人"这座商住两用的房子恢复原样,别让顾客和拜访者看到混乱的样子。

"我到的时候,安娜斯塔西娅正好出门,她不想告诉我为什么房子里乱糟糟的。"印吉艾说,"只说夜里女主人走来走去,偶尔在孩子们的房门外停留一会儿。埃米莉在浴室里待了很久,然后向安娜斯塔西娅要了胶水、牙签和一把剪刀。回卧室前,她小声对女佣说了一句话。我很想知道埃米莉说了什么,甚至求安娜斯塔西娅告诉我,结果你猜她说什么?'我死也不会告诉你的,夫人说了那是秘密。'然后她看向我,带着一份责任感与克制说道:'时候不早了,我得走了,您进去吧,埃米莉夫人已经起来了。'你妈妈其实根本就没睡,她坐在卧室地毯上,看到我后拍了拍身边的位置,用嘶哑的声音说:'我把孩子们都送到艾斯梅拉达家了,他们一整天都会待在那里。快过来坐吧,你可得帮帮我,有太多要收拾的东西了。'卧室里一片狼藉。"印吉艾有些难过地说。

她停下来,用扇子遮住脸,身体向后靠在椅背上,沉默了片刻:是为唤醒回忆吗?还是为了喘口气?为平复那一日的回忆所带来的负面情绪?接着,她继续讲述,并没有移开挡在面前的扇子,声音里夹杂着愤怒和耻辱,细数那些被摔得粉碎的圣徒像,有石膏的,也有木雕。还有圣母贡赛桑像和圣婴基督像,都破碎不堪。埃米莉在伊比利亚半岛购买的珍贵彩灯幸免于难,还有一座木制神龛和一张黎巴嫩圣母像也未被我父亲前一晚的怒火殃及。卧室仿佛经历了一次天灾、一场飓风，又或是来自上帝的一声咆哮。印吉艾把脸露出来，看向我的眼神就像又看到了我父亲当日的鲁莽行为，仿佛时间回到过去，她分享着埃米莉的悲伤，而我就是那个在亵渎神明之后快步离开的人。我没有开口，只是在消化刚听到的一切。我的表情和眼神都透露出我对这件事的反应：震惊、好奇、心疼或同情。

她为什么要讲这些？不是为了谴责我父亲毁坏了滋养她和好友每日生活的宗教雕像，而是为了表示她并不因挑战了先知的圣言而感到罪过。我想象她们两人坐在地毯上，地毯的图案有玫瑰、漩涡、圆圈、方块和三角，一个圆圈里有个六边形。她们不知道（也许只有我父亲知道），那些几何图形象征着创造、太阳和月亮、宇宙在时间与空间中的进程、地球时间的循环，还有永恒。地毯的正中央，在一个因经常跪拜祈祷而褪色的半圆形中，有个小盒子图案，里面是一个黄色小方块，代表着《启示录》。

印吉艾讲述她俩如何把碎片拼贴起来，用果皮、果核给圣徒像补色，睁大眼睛在地毯上找寻石膏渣和木屑。我忍住笑，想着圣诞夜过后几天里发生的事。在那之前，我父母从未因为宗教而产生很大的冲突。对于埃米莉的宗教狂热，父亲表示理解。他可以忍受那些基督教聚会，但完全看不上埃米莉的祷告，对圣徒雕塑和画像视而不见，远离妻子和她朋友做手工的小屋。两个女人在小屋里把彩纸剪成三角形，订在一起，做成圣徒像，为的是在"圣母学院"里的孤儿举办第一次圣餐礼的时候捐赠给他们。

修复圣徒像用了一整天时间。到了傍晚，带着裂缝和新鲜颜色的雕像重新回到了壁龛的木架上。

"我已经累坏了，"印吉艾继续讲述，"但你妈妈就像是疯了，或是醉了，还有力气收拾客厅，清理玻璃柜，采了一捧花来装饰已经换上绿色桌布的桌子。这些活儿几乎都是她一个人干的。艾斯梅拉达把你们俩送回来的时候，我已经要站不住了，左摇右晃。我用眼过度，又在地上坐了快十个小时，头晕目眩。我向埃米莉告别，在门口看到你爸爸远远走来，胳膊底下夹着收音机和水烟枪。安娜斯塔西娅跟在他身后，拿着大包小包的东西。女佣是偶然遇到你爸爸的吗？你父母前一晚吵架了吗？我不知道究竟发生了什么，埃米莉没说，我也就没追问。但是在下一年的圣诞节，你妈妈斟词酌句地让我把宰杀家禽的任务留给你伯伯埃米利奥，结果他好像预感到灾难的降临，没来和我们一起庆祝圣诞。"

安娜斯塔西娅成了我父母之间的调解员，这点印吉艾并不知道。埃米莉让女佣不惜一切代价在晚饭前把她丈夫带回来。在前一夜的痛苦中，她还没忘给丈夫留出饭、甜点、干果和一碗番石榴果脯。她小声告诉女佣，温柔和美食能平息一个坠入爱河的男人的怒火。

"这是应对我丈夫臭脾气的两件法宝。"她如是说。

我后来得知，安娜斯塔西娅一整天都在寻找我父亲，最终是在"浮城"找到他的，他当时正和来自内陆地区的朋友们聊天。他坐在中间，边上围了一圈人，好奇地听着收音机里传出的一首陌生的歌，奇怪的歌声令他们哄然大笑。父亲前一晚睡在普鲁斯河畔的朋友家，那是一间刷成玫瑰色和绿色的高脚屋，周围放着很多煤油罐子，里面栽着花花草草。

"他一看见我，就站了起来，问我你妈妈的事。"安娜斯塔西娅对我说。

"你怎么回答的?"

"我跟他说你妈妈一直等他回家,卧室的地毯像早上的太阳一样闪耀。"

两人一起走进"巴黎人"。安娜斯塔西娅快步朝厨房走去,但埃米莉拦住她命令道:

"把孩子们的晚饭送到他们的房间。"

这句话意味着我们这一晚都必须待在卧室里。萨玛拉一直黏着我,她斜着眼看向父亲,后者绕过玻璃柜,像陌生人一样从我们的房间门外经过,我俩一起道了声晚安,声音无力,像是难以出口。埃米莉回应了,进来亲吻了我们的眼睛。她喷了很多香水。在她伸手抚摸我的头发时,我发现她戴上了蓝宝石戒指,那是在谈到东方首饰时多次受人称赞的一枚戒指。母亲的头发用卡子固定在脑后,露出光滑的额头,散发着琥珀的香味。我记得我吃不下晚饭,一直把耳朵贴在墙上听隔壁房间的动静,害怕父亲会失控,对那个每天睡前都会亲吻我的女人施暴。那是充满紧张、无比漫长的一夜。我等待着随时可能出现的争吵、报复，或是犹如墙倒一般的巨大响动。我就这样忐忑不安地睡下，拉着萨玛拉的手。她睡觉时总会用蝴蝶结绑住头发。

　　第二天一早，我准备去上学，从店里经过时，看到父亲轻手轻脚地把两尊圣徒塑像放进了装新娘头饰的货柜里。当时我没反应过来，还以为是埃米莉让他放的，为了避免木雕像和石膏像在多雨的季节里发霉或掉色。中午放学回来，我看到家里被翻了个底朝天，所有人都在找那两尊圣徒像。埃米莉面色凝重，到处翻找，嘴里不停说着什么，抬手捶桌子和墙壁。父亲看见她这样，脸上流露出一丝欣喜。埃米莉一直在喊，问安娜斯塔西娅是否有陌生人进了她的房间，圣徒像是否被女佣拿去擦拭了。我等到午睡的时间，把雕像的藏身之地告诉了母亲。她简直不能相信。在亲吻了我无数次后，她给了我零花钱，允许我去街上买冰淇淋和其他小吃。过了一天，同样的剧情再次上演。接下来的一周天天如此：埃米莉早晨出门去市场，父亲趁机把圣徒像藏起来，我在傍晚前将它们还给母亲。她接受了这个玩笑，但并未放弃反击。母亲耐心地等到了六月，在第二十七天上午,"巴黎人"的大门被铁链锁了起来。店里和家里门窗紧闭,一片漆黑,我父亲在黑暗中寻摸荣耀四天使和二十八个阿拉伯语字母。是父亲把家门锁了,使房子孤立于世界,但他并没有吵闹,也没劝说其他人帮忙寻找。其实房子里只剩他和安娜斯塔西娅,我和萨玛拉去上学了,母亲去了市场。她回来时发现门锁了,无论怎么叩门环也没人出来。我放学回来,面对着大门目瞪口呆,母亲一把抱住我,脸上带着胜利的笑容,她说:

"禁食了这么多天,你爸爸疯了,亲爱的。"

我没懂这话什么意思,想象"巴黎人"里正发生着奇怪的事。在我看来,那是一个非常普通的周五,没有理由出现这般场景:我们站在家门外,面前是五扇上锁的大门,母亲面带笑容,叩着铁门环。她把我们带到路边树荫下,从篮子里拿出水果给我们吃,然后从我的书包里掏出铅笔和本子,开始写写画画,从右到左。笔画在本子的黑线间舞动,犹如象形文字般神秘。母亲写下三行字,撕下那一页,折起来,让我从门底下塞进去。几分钟后,中间的门开了,安娜斯塔西娅·索克罗走出来,她一边摇头,一边用右手食指在右耳边画圈,左手指向"巴黎人"里面。这两个动作的同时出现把我们逗笑了,一直笑到我们走进家门、听到一个极其严肃并带有音乐感的声音。

"看来他找到了……"埃米莉说。我们这才知道原来是她把《古兰经》藏起来了,于是父亲把家里门窗都关上,在圣书出现前,不准房子里的任何人看到任何东西。我帮着开门开窗,父亲的声音仍在回荡,街边路过的人都停下脚步,边听边朝屋里看,却找不到声音的源头。他们的眼神仿佛在询问:是谁在使用腹语?这声音是从哪一面墙、哪个洞穴传出来的?是从我父亲那里传出来的,禁食数日后,他正在进行最后一天的祷告。从那天起,我对埃米莉写下的三行字和父亲祷告的声音产生了无边的好奇。我早已习惯那个奇怪的语言,但很久以来我都以为那是只有大人才能使用的,或者说,我以为大人有着不同于孩子的另一种语言。慢慢地我发现,他们在说这种语言时会做出更多手势,我有时会根据这些手势猜测他们在说什么。某天晚上,父母在谈话,我问他们是不是在谈论新邻居,他们说是在谈论我,提到了我的好奇心和我听不懂却愿意听这一事实。那晚母亲送我回房间时,低声告诉我周六她会教我"阿拉伯语字母表"。母亲坐在床上,告诉我她的祖母曾教她读写,那时她还没上学。为了谈论母语学习,她简短讲述了我的曾祖母萨尔玛一百〇五岁去世时的情景。对于母亲的讲述,我没有反对或疑虑,相信她所描述的场面是真的,那令我眼眶发热。窗外的天逐渐透明。发着光的天使从无垠的天际飞来,离开他们的居所,围绕在将死之人的床边。

"有二十多个天使,就在孩子们边上。"萨尔玛对她说出这句话后,闭上了眼睛。母亲重复了很多遍萨尔玛和天使的故事,结果我梦到了萨尔玛曾祖母和天使。

第二天,故事和梦仿佛两条湍急的河流在我脑中融汇,形成了第三条河。我放任自己被这条河掌控,想到母亲所写下的文字,看起来像鸟的翅膀,又想到父亲严肃的声音,清晰、平滑且温和。我一学会字母表就尝试模仿父亲的发音,哪怕连一个单词都还没说过。这种语言感觉熟悉,听起来却仿佛是最遥远的一门外语。

我等待周六的到来，急切地希望小时和分钟都蒸发掉。每当父亲不经意间说出另一种语言，我都会加倍注意去听。周六中午，在大家坐下吃午饭前，我开口重复了一遍父亲刚说的话，那是他在每一餐之前都会说的一句话。萨玛拉不可思议地看着我，大笑起来，又马上收住笑声，因为我父母都默不作声。父亲看向我，他的眼神短暂停留，仿佛新生儿第一次见到光芒时那样大受冲击。

最初的几节课是在"巴黎人"里平时不住人的几个房间。那是几个带天窗的小隔间，我有些害怕到这种地方来，不明白为什么接触一门新语言的第一步要在这种隐蔽的角落进行。母亲打开门，点上蜡烛，然后每指一样物品就说出一个词，声音像是从喉咙深处蹦出来的。她把那些原本混在一起的音节一一劈开，好让我能跟着念，每一个我都会重复多次。每一件物品都逃不掉这次名字探索之旅，有商品，也有私人物品：陶瓷杯子、阿拉伯刺绣枕头、装有樟脑和熏香的水晶瓶、玻璃灯泡、西班牙扇子、布料，还有各种味道的香水，从麝香到琥珀，排成一排，每次我说对了名字，就可以闻一下。逛完了小隔间，看遍了店里的玻璃柜，我们坐在客厅桌边，母亲把每个词写下来，指出字母的开头、中间和结尾。我抄写所有词，努力适应从右向左的书写方向，每个字母都写很多遍，写满一张又一张纸。傍晚时分，我拿着写好的字给父亲看，由他来订正。母亲则钻进了他们卧室的小套间，那是只有她才能进的地方。

母亲的阿语教学没有方法、顺序，也不连贯。在学习过程中，或许是凭着直觉，我能看到"阿拉伯语字母表"朦胧的光晕，直到真正见识到这门语言的精髓：太阴字母和太阳字母，语法和发音的微妙之处，它们照亮了玻璃柜里摆放的每一件物品，把隐藏在小隔间阴影中的货物一一揪出。五六年里，我练习发音与书写相转化的神奇游戏，区分不同语音，把它们写在纸上。我控制手的动作，铅笔仿佛成了刻刀，而我好似在大理石薄片上小心翼翼地雕刻，扭曲、旋转的文字逐渐浮现，形状让人想起蜗牛、弯头篆刻刀和阿拉伯弯刀。舌头碰触牙齿背面，一个颤动，就有一条腓尼基鱼从张开的双唇间喷出。

从小我就生活在两种语言里，学校和街上说一种，家里人说另一种。偶尔我感觉自己在过两种不同的生活。在我们几个子女里，埃米莉和我交流最多：是因为我比其他人早出生吗？还是因为我与她的回忆、她曾经生活的世界离得更近？那里的一切都围绕着的黎波里、山脉、雪松、无花果树、葡萄藤、绵羊、朱尼耶和阿卜林展开。但这些并不能撼动我的想法，我非常好奇她每次下课后独自到卧室小套间里做什么？我一直对那个不容侵犯的空间很感兴趣，就连父亲也不许进去。每当埃米莉拿着我写满字的纸或其他小物件进出那个小房间时，父亲都当没看见。直到我们搬到新家（一栋两层小楼），神秘的小屋才不再神秘。搬家总能揭露一些事实，留下一些困惑；从一处转移到另一处的过程中，总有些事情被揭开，即便是记载在神秘羊皮纸上的内容，也会被公之于众。两栋房子隔着两个街区，埃米莉亲自搬运她放置在"巴黎人"隐蔽小屋里的上锁木箱。我远远跟在她身后。每当她停下来休息，我就躲到朹果树后面。我盯着母亲的脚步，以防她被什么东西绊住，和箱子一起摔在地上。她如果看到我就在附近，一定不会原谅我。进入新家后，我陷入沉思：母亲会把那个装有她私人物品和老旧秘密的箱子放置在哪儿呢？

一天早晨，埃米莉去市场了，我去父母的房间探索。那时我应该还不到二十岁，印象里那房子真的很大。当时家里已经有了四个孩子，宽敞的二层小楼适合一家人居住。接下来的六年，这里又迎来几个小孩：你，你弟弟，还有索拉娅·安吉拉。我在父母的房间里翻了个遍，把所有能想到的藏钥匙的地方都找了：窗框缝里，家具里，松动的瓷砖后面，枕头和床垫里。整个八月，我多次在早上进入父母房间仔细寻找。今天想来，那仿佛是上个世纪的事了。直到我失去耐心，开始抓起东西摇晃，才终于得到了结果。那是一块圆锥形的黎巴嫩雪松木，底座带着树皮，锥面光滑，上面刻着一个眼睛大小的雪松图案。[1]我终于明白为何埃米莉总会延长午睡的时间，躺在吊床上用一种怀念的眼神盯着架子上的雪松木锥看。我才发现这木块竟然是空心的，而那个小浮雕就是开口。木头里面藏着一对钥匙。其中一把能打开大衣柜。敞开的柜门向我展示着埃米莉的私人世界。我记得很清楚，面对着这么多从未摆出来过的私人物品，我既着迷又有些羞愧，但人在发现别人的隐私时，嫉妒和不理

---

[1] 雪松是黎巴嫩的象征。黎巴嫩也被誉为"雪松之国"。

智往往会占上风。

衣柜中有高级锦缎制成的各式华服。有一件衣服丢在昏暗的角落，让人联想到另一段时光，它的主人行走在另一片土地上，感受着四季的变化。我想象埃米莉穿上这件具有异域风情的衣服会是什么样，想象她年少时的生活场景，就如同我今日想象着当年屡次去大衣柜找东西的情景。我的探索重复了很多次，因为在第一次打开衣柜里的木箱后，我就被里面的黑色摆钟吸引住了。摆钟几乎占据了整个箱底，平躺在黑色天鹅绒布上，仿若一条被遗忘在大洋深处的船。透过玻璃盖子，我看到了印吉艾对我说过的信。偷看摆钟里的信意味着进入一段距离现在十分遥远的时光。我玩起了这个不理智的微妙游戏——揭露某人的过去，在未知的时空中奔走：的黎波里，一八九八；阿卜林，一九一七；贝鲁特，一九二○；塞浦路斯，的里雅斯特，马赛，累西腓和玛瑙斯，一九二四。这些时间和地点都是印吉艾提到过的，我想把它们和埃米莉的生活联系起来，发掘黑色摆钟里的秘密。发现钥匙有几天了，这期间我多次透过摆钟的玻璃盖子观察内里昏暗的角落，却始终没有转动那把能打开盖子的小钥匙。终于，我决定把它打开，深入摆钟内部。表盘、指针、数字和钟摆上都盖满了东西。最先映入我眼帘的是两只金手镯。它们合在一起，缝隙处几乎看不到任何联结的痕迹，也就是说，这两只手镯并非通过联结结点熔合在一起的。在我看来，那精湛的工艺仿若魔法，虽然是手工制作，却足以令人感到好奇与惊讶。你以前应该看到过埃米莉戴在前臂上的手镯，就像金色的文身，其实那是四只金镯合并成了一只。之后我为看信而多次打开木箱，在这一过程中，又发现了两只金手镯。过了很久我才意识到，手镯的数量和埃米莉子女的数量有关。我始终没能发现它们是从哪里冒出来的，怎么就悄悄出现在废弃的摆钟里。那些信件并未提及金手镯。有好几次我险些没忍住向埃米莉打听手镯的来源。我明白有一些秘密和难解之谜是某些人到死也不会说出来的。那时我已经把木箱和摆钟都翻遍了：看到了霉渍斑斑的白色修女袍，上面还有泛黄的水渍，看来弃置已久。我没敢碰触这件亚麻长袍和放在它上面的修女头巾，它们都叠得整整齐齐，像脸的影子和身体的轮廓，被摆钟支撑着，许久没动过，不仅有霉渍，还落了厚厚一层的蛛网。

这些都是被弃置的迹象，代表着距离和秘密，令我没能去触碰。多亏了表盘底下的那些信，我才得以把母亲的那段生活以及她在黎巴嫩与玛瑙斯之间的其他经历理出顺序。

阅读阿拉伯语手写信件对我来说很困难。信里写的是古典阿拉伯语，署名都是 V.B.，时间跨越数年，断断续续，有些间隔好几个月。每次读到时间相隔很久的信，我就会弄不清谈话走向，遇到阅读困难，仿佛被困在众多无法解读的符号之中。信件不连续，加之我对某些句子不理解，我只能读出信中独白的大概意思，模糊的书写造就了我这个犹疑的读者。

我凭借直觉去理解信件中最难的部分，在没有字典的情况下，由直觉把我带出阅读僵局。我也会翻阅和信放在一起的笔记本，发现埃米莉多次写到以前每周六的阿拉伯语课。本子里还有用法语写的祷告词，很多句"万福玛利亚"，我想象埃米莉在无法祈祷的绝望的夜晚将它们一句一句写下。我朗诵赞美诗的样子曾多次令她感到惊讶。我将双手手心放在胸口，视线从一种语言的圣经跳到另一种。我相信对她来说，学习葡语赞美诗并不难，虽然她每次听到我转换语言时总会皱起眉头，这种转换在她听来显得陌生且不忠实，仿佛赞美诗和寓言一下子变得繁琐，失去了意义。这点对于埃米莉来说应该很重要，因为 V.B. 在信中提到很多次，V.B. 还在信里抄写了一段法语的圣经，请求朋友帮忙翻译成葡语。我去给埃米尔扫墓时，看到了同一段话，两种语言都有，刻在墓碑上，在埃米尔的照片下方。

无论是在饭桌上，还是在有水烟枪、亚力酒和西洋棋陪伴的聚会上，埃米尔的名字几乎从未被提起。埃米莉禁止我们这些孩子参加聚会，这些聚会一般会持续到深夜，在后院结束。在这种场合，已被重复多次的生活琐事不再被提及，秘密和哀伤由阿拉伯语娓娓道来，偶尔有几声惊呼，偶尔有人呼喊真主。清晨的到来驱散欢聚的气氛，搅扰火热的交谈，为激烈的手势降温，召唤人们开始工作。但是，周五的聚会并不会因为清晨的到来而结束。我被家畜的叫声吵醒，那是很可怕的呻吟，还有羊群跑开的声音。其他家畜看着遭遇不幸的羊。那些羊是埃米莉喂养的，每只都有名字。我跑到父母房间，透过窗户看到一只羊的脖子正在喷血，它没能闭上的双眼被遮住，白色卷毛被剃掉。在这具痛苦的躯体上，一种说不清的颜色正在扩散，让人想起清晨阳光照到院子空地上形成的光斑。要等羊放干血,才能把它大卸八块。埃米莉用双手掏出羊的内脏,放在一块雪松案板上,把人不吃的部分扔给院子里的动物。很快就有鸡、四足家畜和猴子聚在她身边,争抢羊杂碎。埃米莉清洗了羊肝,用盐、黑胡椒和薄荷腌制。西洋棋棋盘从桌上撤走,某个下棋的人记着下一步该他走了。

埃米莉帮安娜斯塔西娅·索克罗把千层面包端出来,它看上去好像卷起来的布;还有一篮子水果:仙人掌果、格尼帕果、释迦果、菠萝和西瓜;以及一个陶碗,里面盛着从院子里摘的虞美人花、一些杏子、西番莲和其他极酸的水果,用舌头舔一口就会被酸得浑身发抖,表情抽搐。但安娜斯塔西娅的表情抽搐另有原因:在摆好桌子后,她会躲进屋里,以免看到接下来的进食场景。在被阳光照亮的院子中央,男人和女人们重复着流传千年的美食传统:用手抓着吃生羊肝。我透过父母房间的窗户所见证的不是一场野蛮的仪式,也不是一次动物的牺牲,而是一件惊人的新鲜事,一次充满异域风情的聚会,与家里的日常习惯相反。

他们满足食欲的动作带着喜悦，也有些奇怪，与平时的卫生习惯不同，用手直接抓着新鲜的羊肝放入口中。大家用手传递面包，沾着橄榄油和中东香料的手指从上面直接撕下一块。有人唱起开罗最新的流行歌，有人朗诵起阿塔尔[1]的寓言诗或《玫瑰之歌》《石竹之歌》《海葵之歌》，最后以《茉莉花之歌》总结道：绝望是错误的。他们赞美调味料、坚果蜂蜜糕和玫瑰糖水，每个人在喝之前都先细嗅清香。有些人担心自己不会被邀请来参加周六的晚餐——到时会有椰枣烤羊排，他们急切地等待着告别的时刻，等着听我父亲说出那句话，说真主允许他们明晚来赴宴。

这种聚会在新家也举办过，但我是在"巴黎人"发现其存在的。通常所有人都只说阿拉伯语，除了和路过的熟人打招呼或有邻居来拜访的时候。有些邻居是外国人，比如来自葡萄牙波瓦-迪瓦尔津的阿梅里科一家，来自摩洛哥的贝奈莫一家，来自德国汉堡的小伙子古斯塔夫·多奈尔。他们都是和埃米莉

---

[1] 法里德·丁·阿塔尔·内沙布尔（1145—1230），波斯伊斯兰教苏非派著名诗人和思想家，经典作品有《真主记》《苦难记》《神秘论》《百鸟朝凤》等。

十分要好的朋友。多奈尔更是成了我忠诚可靠的挚友。

我通过多奈尔才第一次见识到了什么叫图书馆，它由八面书墙组成。多奈尔的声音和他的名字一样严肃，他葡语说得非常流利，几乎没有口音，令本地人感到困惑，之所以没有把他错认成亚马孙人，只是因为他的外貌过于独特：他比城市里所有的德国人都高大，头发更加金黄，穿着也与那个时期格格不入：总是穿一条及膝的短裤，一件没有领子的白衬衫，脚上一双皮鞋，没有鞋带，不穿袜子。他的腰带上绑着一个黑色盒子，从远处看去还以为是枪套或军用水壶，实则是一台哈苏相机。多奈尔掏出相机去捕捉场景的敏捷动作给人留下深刻印象，在街上，在教堂里，在港口，在广场或是河中央。此外，他的记忆力令人嫉妒。多奈尔能把他在这座城市和祖国的全部生活经历一一讲出来，声音洪亮，打破整个街区的沉默。他说自己是"人性闪耀时刻与亚马孙独特自然景观"的坚定追逐者。他制作"生活的惊喜"照片集有一段时间了，拍摄对象是一个孤独的人，一个乞丐，一位渔夫，住在附近的印第安人，鸟，花朵和人群。

你和你弟弟都认识多奈尔吧。不知你那时是不是他的学生，但你应该知道他有多容易走神。有时我想,也许走神是他逃离周围人和现实的方式。他所看到的一切都被相机的取景器框住。我逗他说哈苏相机的镜头、他的眼镜镜片和蓝色眼睛构成了一个独一无二的视觉系统。多奈尔从不会因为我的玩笑而生气,说他看向哈苏相机时能看到自己的脸。在一些闷热的夜晚,他散步回来,看到自己的脸映在一个玻璃盒子上,那是用来放置相机的,相机在一盏小灯的照耀下等待黎明,热光可以消除霉菌,保持镜头清洁,好让眼睛透过取景器看到的一切是清晰的。

多奈尔拍了一张埃米尔在圣母广场圆形凉亭里的照片。那是埃米尔的最后一张照片,拍完不久,他就独自走到港口的码头,跳进了河里。多奈尔给我讲了照片背后的故事,他斟词酌句,为了不说出残酷的事实,但我其实已经通过维吉妮·博莱德(V.B.)的信察觉到真相。照片向我讲述了挚友没能说出的信息:埃米尔面色凝重,像是一直在原地打转或无路可走,他一只手插在兜里,另一只手抚摸着一株罕见的兰花,花太过罕见,以至于多奈尔没注意到朋友的绝望情绪。

在我们最后几次见面时,有一次,多奈尔回忆起那个早晨,并给我看了几个本子,上面记录着他和我父亲的谈话。

第三章

那一时期我靠哈苏相机吃饭,也知道如何使用百代牌摄像机,拍摄上帝,拍摄这座被孤独和衰败腐蚀的城市里的芸芸众生。很多人想要拍照,仿佛停滞在照片中的时刻能创造出一个幻境,一个图像的世界,庇护着相机前的一个个家庭。有些家庭聚集在大房子的花园里拍照,有些则聚在停靠于玛瑙斯港的跨洋轮船上。

在广场凉亭里遇到埃米尔的那个上午,我正要去给一户人家拍照。这家人在世纪之初有能力改变玛瑙斯乃至内陆地区所有居民的心情和命运，因为他们掌控着河流运输和食品贸易。我需要给这家人拍一部影集。早上，我先把在里奥布朗库瀑布拍摄的照片冲洗出来，我在那里收集了珍贵的花卉标本，但都没有埃米尔左手拿着的那株兰花罕有。它的颜色给我留下深刻印象，那是一种过分的红，红得发紫。我当时仔细观察他手里的花，也许因此才漏看了他奇怪的表情和仿佛不再认识任何人般的眼神。我邀请他去法国餐厅吃午饭，他含混地说了句什么，我想那是拒绝的意思。我其实明白，埃米尔那时想要离开我和整个世界，他手上的兰花才是支持他存在的最大动力。

在给阿勒家族拍照的时候，我想着自己和埃米尔的对话，他说话不清楚，难以理解，听着像是一位来自北非的口述者。埃米尔有一种叙述的天赋，能用声音说服他的听众。用声音，而非某种具体的话术，毕竟他的很多话都让人听不清。我不明白的还有他的晨间散步：一大早独自离开腓尼基酒店，叫醒市场边的一位船夫，两人乘小船到伊度坎多斯区的支流对岸，然后他继续向前走，到达市中心，我跟随他走过一条条小路，路两边排列着废弃的二层小楼。埃米尔逃避一切，眼神透着迷茫。

他可以跟你说话，看着你的脸，眼神却像是他根本不在场。我对他独自散步的过程很感兴趣。他走过两边都是廉价房子的路，一直走，不看任何人，只是在感受黎明的寂静，偶尔被某人发出的喊声、笑声或某个窗口突然亮起的灯光吓一跳。埃米尔的生活似乎浓缩在一次次的晨间散步中：过河，走到唐佩德罗二世广场，再到大型仓库集中的那条路，视野中出现船只和高大的烟囱，耳畔响起"希尔德布兰号"的汽笛声。这艘跨洋轮船载满了来自利物浦、莱索斯和马德拉群岛的乘客，也许埃米尔知晓它的目的地：纽约、洛杉矶，北半球的某个港口城市。相机取景器对准了阿勒家族，一家人搂抱着围在一座雕像旁，而我却又一次想起了埃米尔的脸、他指间的兰花，还有他曾骄傲地向我展示的一枚戒指，那是一件礼物，是对发生在马赛的一段爱情的回忆。

我在暗房里没能做多少事，也没看早上冲洗出来的照片，一种奇怪的感觉萦绕心间，似乎我已预感到一件不幸之事的发生。我把相机挂在脖子上，离开了家。我到达法国餐厅时，外面下起了小雨。餐厅门口的遮阳棚下聚集的人比平日更多，远处传来消防车的笛声，打破了正午的宁静。餐厅里有些混乱，我找到唯一的空桌坐下，很快又起身离开，不知是快步走还是跑了起来，直觉将我带到了先前遇见埃米尔的地方。已是午休时间，又下着雨，广场上一个人都没有。我想起附近兵营门口的两座哨兵铜像边上有两个真人在站岗，仿佛那两个金属巨人的影子。走过去询问他们是否看到埃米尔之前，我犹豫了几秒，主要是怕浪费时间，但我还是穿过了广场，问出了问题，几乎是用喊的。穿越广场加上与哨兵的简短对话花了三分钟。士兵的回复让我觉得一切已尘埃落定：穿白衣服的小伙子？他对着一朵花说话，离开了凉亭，慢慢地走远，消失不见了。

士兵指出埃米尔离开的方向，我远远看见港口，悬浮栈桥上聚集了很多人。即便在远处也能看到两个潜水员的身影，仿佛漂在雨雾中。消息如传染病一般迅速扩散，有太多版本，内容相差太大，埃米莉听后哭了又笑，笑了又哭。关于内格罗河是如何吞没埃米尔的，港口管理处的两个保安给出了不同的说法。两人表示没看见有人穿过大门，他可能是绕过了海关大楼，走到栈桥上，但这一过程并没有人看见。其中一个保安肯定地说他确实看到有个穿白衣服的小伙子在码头边。

"他一动不动,离水很近,看着就像浮在河里的大理石雕像。"保安对着身边一圈好奇之人说道。另一个保安的说法截然相反,他说他们两个人又累又饿,胃一直在翻腾,眼睛基本睁不开,所以什么都没看见。

"正赶上最不好的时间。"保安遗憾地说,"再加上阴天下雨,阳光那么弱,什么都看不清。"

我凝视着如镜的水面,看它被细密的雨滴打碎,听到保安说"什么都看不清"时,才意识到我把哈苏相机落在餐厅了。在想起这件事的同时,我也确信埃米尔不会活着回来了。在那一刻之前,我都在强迫自己相信每一个声音,不放过任何一个版本的讲述,试图重建朋友的行动轨迹。此刻,我无动于衷地看着潜水员们一次次下潜,因为在意识到相机不在了的那一刻,希望的火星也熄灭了。就连埃米莉和你伯伯埃米利奥都察觉到我的怪异。我感觉双眼像被蒙住了,没了意识,类似眼前一黑的晕眩感。然后我听到埃米莉费力地说着什么。她重复着:"什么?""什么?""在哪?"仿佛一声声锤击,又像不断重复的训诫：同样的语调，同样的词汇，在重复中化为声音碎片。埃米莉没有看向任何人，她用双手堵住耳朵，头向后仰，突然开始说话。围着两个保安的那一圈人把目光转向她。人群的激烈讨论转为窃窃私语，然后所有人都闭上了嘴，因为埃米莉突然喊出了他们听不懂的语言，只有她哥哥能听懂。他抱住埃米莉，想让她平静下来，但这动作只换来她激烈的挣扎。两人僵持了一会儿。埃米莉突然弯下腰，不再挣扎，几乎躺倒在栈桥上。

轮船的汽笛声响起，比较微弱，不易察觉。围在埃米莉身边的人群没有听到，只能听见她的哀号。我看向码头边的水里，注意到正在作业的潜水员，透过防水面罩的镜片，能看到他们的脸。一只手臂指向地平线。汽笛声似乎就从泛白的天际传来，轮船模糊的轮廓不时消失在雨雾中，看起来速度缓慢，说不好是朝我们的方向靠近还是离港口越来越远。远远看去，轮船在光与水之间若隐若现，仿若一幅会动的画。在水天相接处，水雾与阳光交织出一道白色圆弧。

我周围的人都没有注意到从地平线开过的轮船。埃米莉和他哥哥保持原样，一个人压着另一个人，一直在低语着什么。

周围的人疑惑地看着他们，忘记了溺水者、救援工作和他们站在这里的原因。我离开码头，在经过水上栈道时听到了更加清晰的汽笛声。

从港口走向餐厅的路上，我不得不避开一些已经得知消息的人。乡下的生活就是如此：你的朋友失踪了，全城立马笼罩在死亡的气息之中，先是各种好奇的打听，随即会出现对受害者生活的恶意揣测与曲解，在我们还不相信朋友已经离去的时候。我们的情绪在希望他生还和开始怀念他之间来回摇摆，直到这件事变为一个秘密，直到我们可以与过去进行无言的对话。我不无悔恨地想：为什么我没有带埃米尔一起去阿勒家？为什么我给他拍照后放任他走向了灾难？我还记得埃米尔当时的样子，都被相机记录下来了，而我却把相机忘在了法国餐厅。餐厅老板把哈苏相机收起来了，焦急地等着我。他脸上带着恐惧，大声问了我一连串的问题，给出不少假设，比如海难、爆炸事件、自然灾害。他边说边问，但没能得到任何答案，因为我突然开始用母语回答。直到这位从马赛来的老板抓住我的双臂说：您在自言自语，我才意识到自己在说德语。他说的有道理，这

| 第三章 |

是我第一次用母语和自己交流。相似的情况只在接下来几天的夜里发生，我做噩梦时说了母语。半夜，我从噩梦中惊醒，辗转反侧，反复想着那些再也听不到的、没能理解的话。在梦里，我和埃米尔站在码头边上，天边在下雨，形成一道厚厚的雨帘。我们之间的对话算不上是对话，而是一个谜团，难以理解，因为我俩都在说自己的母语，在对方听来就只是没有意义的声音，是温热的风吹来的旋律，散在空气中，被雨雾裹挟。在梦里，雨始终没有停。我急切地尝试理解对方，又该如何理解自己？由不理解而产生的痛苦将我惊醒，夜晚变得沉重又漫长，我努力想要重建梦里的对话。埃米尔失踪两周后，这样的梦逐渐减少，最后一次正好发生在埃米尔的尸体从内格罗河某条支流里找到的那天。发现他的是罗巴托，一个印第安人，你父亲在和埃米莉结婚前就认识他了。你父亲和那些印第安人的关系并不差，但他面对全世界都总是一副冷冰冰的样子，包括对你们几个孩子，这你应该知道。他喜欢清点货物，把玻璃货柜擦得锃亮，最喜欢的是在家里或店里祷告，仿佛置身于希拉山洞[1]。

---
1 希拉山洞：伊斯兰圣迹之一。

他和埃米莉第一次见面就在埃米尔的尸体被找到的那天。消息传开后，埃米莉极力反对，认为那具遗骸绝对不属于哥哥。她对法医出具的报告表示强烈的质疑。

"这里的医生连活人的病都诊断不好，怎么就能靠检查牙齿弧度来辨别死人呢？"埃米莉毫不屈服地问道。

实际上，你母亲对现实的不接受已经到了近乎荒谬的地步，毕竟无论是身高，还是其他一些特征都表明那就是她哥哥。然而她就是不信，尤其还在报纸上看到了这样的报道：尸体有可能属于一九一〇年政府与联邦主义者暴力冲突的某位参与者。

"每年到了退潮的时期，就会有一具尸体被发现，引起公众的讨论。"《贸易报》如是说。在这篇文章令各种疑问发酵的时候，你父亲带着无法反驳的证据出现，打消了有关死者身份的所有疑虑，从某种程度上来讲，也决定了你母亲的爱情命运。我记得很清楚他脸上带着睿智的表情，人又高又瘦，有一双大手。他走进埃米莉和哥哥的住处，用阿拉伯语和葡萄牙语做自我介绍，并没有坐下，说还有急事。我和其他拜访者让他们随意。我相信没有人能想象到他接下来会说什么。你父亲从包里掏出一个小盒子，用右手手掌托着，递给埃米莉。后者用双手捂住脸，低声说了几句我没听懂的话，你父亲说了什么我也没听懂，他那种严肃的声音保持了一辈子。

埃米尔下葬之后过了几个月，两个年轻人结婚了。你父亲没有参加送葬。几年后，你外祖父母在远方去世，他也没有去送葬。我那时不在玛瑙斯。两位老人去世时你年纪还很小，应该奇怪埃米莉怎么消失了好几个星期。你父亲拒绝去累西腓，不想让外人来看店，他允许你母亲乘船前往，去拜祭在她同一天去世的父母。埃米利奥和她一起去，在玛瑙斯，两人总是一同去墓地或教堂。他们从没问过我有没有宗教信仰。也许在背地里批判过我这个和印第安人一起生活在丛林里的外国人。我从没进过教堂，但能用恩加图语[1]祈祷一句"万福玛利亚"。

埃米莉和丈夫都是狂热的教徒。他们在结婚前许下约定，尊重对方的宗教，以后有了孩子，由孩子自己来决定是否信仰宗教，信仰哪个宗教。

"只要看一眼这两个宗教各自的祈祷场所，就能明白它们

---
[1] 恩加图语：印第安语言，属于图皮-瓜拉尼语族。

有多么不同。"你父亲曾这样说。那是一个下午，我们在"巴黎人"聊天，他向我解释先知的族谱。让你父亲开口说话可不容易，他习惯了少言寡语，即便是和同胞还有邻居在后院聚会的时候，别人都在谈天说地，你父亲依旧保持沉默，也许他觉得自己太不幸了，不能一个人清净。沉默的男主人，在众人身边依旧坚持着自己的修炼；他更愿意逃回屋里，和沉默的四面白墙共处，手里捧一本书，看一位苏丹如何统治安达卢西亚的一座城，追随其脚步走过城堡里的七个房间，直到用手碰触最后一个房间的一面墙，上面刻着侵略者的不幸结局。

店里没顾客的时候，他几乎总是一个人专注地阅读，虽然也能忍受有其他人存在。玻璃柜倒映出他手中的书。我仿佛处心积虑的入侵者，假装在欣赏他从南方港口带回来的布料。你父亲站在货柜后，全神贯注地阅读手上的一本厚书，看到他这副模样的人都会以为在他和玻璃柜之间存在一道深渊。这道深渊也把他和不认识的人隔开。面对陌生人，他或是沉默，或简短交流。比起他们，他似乎更能容忍我，也许因为我认识埃米莉，还是埃米尔的朋友，又或者因为我只是在远处静静看着他孤独的身影。

有一天,我看到他在货柜间走来走去,仿佛有什么事让他心神不定。即便如此,他还是笑着跟我打了招呼,双手摊开一张亚马孙盆地地图。我问他是否在找寻天堂,找寻一个人间乐园。

"我只是个做布料生意的,这个问题不该问我。"你父亲一如既往平静地说道。他走到柜台,又接着说:"在这世界上,天堂只在宝马的背脊上,在好书的故事里,在女人的双乳之间。"

我得抓住这次聊天的机会(毕竟他多次表示沉默比语言更美丽、更可靠),尝试询问他的过去。他沉默片刻,手指拂过地图上由河流交织而成的近乎无边的网,它展现出绘图者的严谨,吸引着人们去探险。你父亲用食指在地图最西边画了个圈。他一开口,每句话都像是事先组织好、为了被书写才说的。我在此地养成了一个习惯:记录下别人说的话。这习惯让我写满了好几个本子,其中一本的末尾几页几乎完整还原了你父亲在一九二九年那个下午说出的话。

第四章

旅途终点是一个不足以称为城市的地方。出于协议或利益，此地的居民不愿将其算作巴西的一部分。那里是亚马孙的边远地区，有三四个国家坚持要给这片无尽的森林定下边界。在那个几乎没有巴西人知晓的地区，我的伯父汉纳为巴西共和国的荣誉而战，成了武装军队的上校，虽然他在黎巴嫩山的主要工作是养羊和到南部沿海城市卖水果。我们始终不知道他来巴西的原因，但每次读到他寄来的历经数月才到达的信，都会大吃一惊。信中讲述了颇具毁灭性的传染病、几场被血染红的战役，讲到一群崇拜月亮的人如何残忍,还有一些人像啃食羊尾巴一样大口吃下同胞的肉。信中还提到宏伟的宫殿,有美丽的花园和倾斜的墙壁,椭圆形的窗户朝向西方,那是斋月时月亮所在的方向。伯父的信中也记录了他遇到的危险:河流太过宽广,水面像无边的镜子;一条皮肤闪闪发光的蛇在午睡时间出现,在他就要闭上眼睛时把他吓醒;还有一种毒药,当地人并不会把它用于战争,但这种毒药一旦渗入皮肤就会让人沉沉睡去,然后做最恐怖的噩梦,梦到人一辈子可能发生的所有不幸。

十一年过去了。一九一四年,汉纳寄来两张他的照片,分别贴在长方形纸板的正反两面。信封里只有简短的一句话:纸板的两页中间还夹着一张照片,但必须等下一个来巴西的亲戚到达之后才能看。读过留言,父亲走到我身边说:到了你跨越大洋前往未知世界的时候了,它在地球的另一边。

我知道汉纳住的地方叫什么,知道那里的人都相互认识,偶尔也会有冲突。旅途十分漫长,三千多海里的距离要花费几个星期的时间,在某些夜晚,我感觉自己和船上为数不多的其他冒险者就像一场灾难过后仅存的幸存者。我们最终在一个无比炎热的夜晚到达了汉纳所在的城市，已经不知航行了多久，听到船长的声音，才知道船已经靠岸。无论是船头还是船身上都没有灯，无法看清周围，但只要稍微抬头就能看见漫天的星星，星光倒映在水面，延伸成一条没有尽头的线，黑暗的地方便是陆地。

我急切地等待黎明的到来。到了五点半，那个未知世界依旧安静。又过了一会儿，天逐渐亮起来，深深浅浅的红色在天际交融，宛如彩色挂毯延展开来，无数道光线闪烁，像珍珠的光芒，也像红宝石的光芒。在光明之中，我看到一棵巨大的树，树根朝水的方向延展，树冠朝天伸展，我想象着那就是第七层天里的极界树[1]，心里感到安慰。

其他人都还在睡觉，我独自迎接黎明的到来，以后应该不会再有如此强烈的感觉。随着时间的流逝，我明白了景色也能改变一个人的命运，让他对初次涉足的土地感到不那么陌生。

还不到六点，一切都能看清了，太阳仿佛一只发光的眼睛，迷失在蓝色天幕之中。在船对着的一片土地上，城市诞生了。

---

1 伊斯兰教的天堂有七层，极界树是一棵巨大的枣莲，标记着七层天的边界。

这座城并不比黎巴嫩山上的很多村庄大，但它在平地，所以有更多房子，基本都是用木头搭的小屋。对比之下，数量稀少的几栋石头房子更显宏伟：一座教堂，一个监狱和距离河流比较远的一两栋二层小楼。根本就没有什么宫殿，都是汉纳编造的，他是我父亲几个兄弟里最有想象力的人。在我们村里，只要给他一根羊尾巴，他就能给你讲整个世界的故事。村里的老人们听得很认真，塔拉祖卜纳家的一家之主又聋又瞎，会在没听清的时候开口或用手势打断他的讲述。

我下了船，走入岸上等待的人群。他们在等待消息、亲人和包裹。所有人都光着脚，张着嘴，也许还有些悲伤，有些人无法掩饰脸上饥饿的表情。我寻找汉纳的身影，周围的人都长得一点也不像他。一个又高又壮的小伙子靠在一栋红色房子的墙边，吸引了我的注意力。我用蹩脚的葡语问他认不认识我手中照片上的人。

"这是我爸爸。"他回答道，眼睛没有看向照片，而是一直看着我。

在行了贴面礼后，我问他汉纳在哪儿，他只是伸手指了指地平线，然后走向城市唯一的一条路。我跟了上去。路两边是两排木头房子，都没有人在，这里的住户应该都跑去岸边了。脚下的土地有些潮湿，天亮前（或晨礼时间）应该下过雨，因为不仅地是湿的，晾在外面的衣服和植物的叶子都湿漉漉的。我们走了大概三百米就走完了这条路（也走出了城市），经过一座不太结实的木桥，桥下的河流便是居民区和森林的分界线。

我从没想过汉纳会住在森林里，就像生活在黎巴嫩山脉的千年雪松之间的苦修者！但在这里感受到的孤独肯定是不一样的。这里简直像晚上一样昏暗，我们走在一条弯曲的窄路上，越往前走空气越厚重。就在这时，我开始怀疑对方到底是不是汉纳的儿子，为自己轻易地相信了他而懊恼。我想自己可能中了圈套，有些害怕，所有人面对威胁都会是这种反应。我想找机会原路返回，或者说些什么，就在我犹豫的时候，身边的景色突然变了，有光照亮了路的尽头，打断了黑暗。我盯着汉纳的两张照片看，仔细检查纸板的两边。先前在我看来一模一样的两张照片现在看着有些不同了。我猜想这点差异来源于放大过程中的某些化学变化，一张底片放大两次会得到两张并不完全相同的照片。我紧张地来回翻动纸板,想作出比较,看得越清楚,就越能发现它们的不同之处:眉毛的弧度,颧骨的高度和头发的质地。我重新看向走在前面的小伙子,快走几步到他身边。我们面前出现了一片空地。

不用他指出来,我也能找到汉纳的墓:唯一一座没有十字架和圣徒像的墓。直到那时我才想起查看夹在纸板中间的那张照片:上面是年轻时的汉纳,还没离开黎巴嫩,又有些像是他儿子。我并不想知道他去世的原因和时间。在这个地方住了几年后,不难推测出汉纳的死因:黄热病的爆发和流血冲突在此地十分普遍。这也说明了为什么墓地面积比城市还大。我也不关心他妻子是谁,人在哪里。有人曾告诉我,汉纳的妻子是这里最美的女人,他还没学葡萄牙语的时候,就能说出那女人的名字,还有一些其他词汇:女王、珍珠、象牙、星星和月亮。也许这些名词在他口中成了那女人名字的代替。我想他的死也许和嫉妒有关。但无论如何,等他儿子以后有了女人,会为他报仇。

我在那个小地方生活了几年,见识过很多湍急的河流,学会了做生意不单是加减乘除，还需要一点恶意和无畏，不去在乎别人对《古兰经》的偏见。来玛瑙斯是我人生最后一次冒险，我决定在这座城市安顿下来，因为这里大剧院的拱顶让我想到了清真寺。我从未亲眼见过清真寺，只是儿时在书里看到过，听故乡的哈吉[1]讲过。

我在很早以前就知道自己会和埃米莉结婚，远早于埃米尔的失踪。这里有很多来自地中海东部的移民，大家都住在同一个街区，靠近港口。他们总在河边或海边，无论在世界上哪个角落，他们看到的水都是地中海的水。单身汉们谈起埃米莉，总是带着热切的期盼。年长者们则能平静地回忆青春，毕竟他们已经活了好几十年。埃米莉是家里唯一的女儿，我听别人说过太多有关她的事，爱上了她。

---

[1] 哈吉是伊斯兰教称谓，意为"朝觐者"。专用于尊称前往伊斯兰教圣地麦加朝觐并按教法规定履行了朝觐功课的穆斯林。

第五章

这就是你父亲在那个下午所讲述的他来巴西的经过。他当时的动作很有意思：眼睛一直盯着一本摊开的《古兰经》，时不时地翻一页，手指在书上摩擦。手和圣书的接触似乎能让他的声音更加有力。你父亲对他人生其他阶段的讲述也是在圣书的见证下进行的，他还就《古兰经》的一些章节给出了自己的见解，包括《十二宫》《国权》《急掣的》《沙丘》。有一天我到"巴黎人"，他一个人在店里，坐在柜台后面。圣书不在，这有些奇怪，或许这次他并不想讲述过去。我还没来得及打招呼,他就开口问我埃米尔的照片在哪里。我想这问题已经在他脑子里转了很久。每当话题涉及那一天,我都会含糊其辞地搪塞。这次应该是埃米莉让他问的,她自己也问过很多次,但我总是找个借口或者转换话题,这件事也就搁置了。你伯伯埃米利奥让人从的里雅斯特买回一个人脸大小的椭圆形金属框,大理石墓碑和水晶板也是从意大利运来的,水晶板会放进金属框中,用来为照片遮风挡雨,尺寸正合适,严丝合缝,所以里面的照片直到今天也没有发霉,不过如今水晶板表面有些发白,因为年头已久,又或是因为死者并不愿意一直被人看。直到你父亲向我要埃米尔的照片,我才终于给了他们,因为他询问的声音听起来像是审判,还因为埃米莉的坚持,她好几个月里一直说她哥哥的墓碑还没完成全都是因为我,我不得不让步。但我没有恢复摄影工作,已经很久没拿起相机了。看着埃米尔的身影在化学药水中逐渐清晰是个让人难受的过程,他手里的兰花靠近衣领,像是从身体里钻出来的一颗黑色心脏。放大照片的工作由我的一个德国朋友完成,把脸部放大到和真人的脸一样大。他复刻了很多张,其中一些对比度很高。两条粗眉连在一起，就像黑色的弯弓。整齐的发型也没能掩饰写在他眼神之中、眉头之间的绝望。

我让朋友降低图像对比度，但痛苦的痕迹无法根除，永远定格在照片里。我感觉很无力，因为想念埃米尔，也因为无法改变既定现实，我幻想着他看到这些放大的照片时会是何种表情，会选择哪一张来让埃米莉满意。后者在看到那十三张放大照时，视线停留在轮廓和细节最清晰的几张上，沉默了好一会儿，全然沉浸其中，也许在想：光影中埃米尔的眼神为何如此？为何是这副表情？为何像是在渴望着什么？她用手挡住埃米尔的眼睛或脸上的其他地方，就好像她想通过观察局部来获得无法从整体上看出来的信息。埃米莉把十三张面部放大照都要走了，还想要一张原版半身照，说是要放到从的里雅斯特买来的相框里。她不知道我有段时间不做摄影师了，直到完成一次漫长的亚马孙内陆地区之旅后才重操旧业。不久后我还是摆脱了暗房和拍摄器材，用它们换来了书，都是些罕见的、古早的版本，原本属于玛瑙斯最有名的几位法学家。在战争时期，我的藏书有所增加，是从逃离玛瑙斯的德国人手里获得的。对德国移民来说,那是一段十分艰难的岁月,很多人都把头发染黑,躲进森林,结果在那里生病去世。存活下来的人战后回到玛瑙斯,发现他们那些新古典主义风格的大别墅都遭到破坏,被洗劫一空,他们只能去修道院或欧洲国家领事馆寻求庇护。德国领事馆重新启用后,收集了许多文学作品,我因此接触到了一些东方典籍的德语版本。受到你父亲的影响,我选择了《一千零一夜》,马克斯·亨宁的译本。对这本书的细致阅读加深了我与你父亲之间的友谊。在那之前,我相信他讲述的所有故事,以为那就是他的生活经历,但渐渐地,我发现他的讲述与这本书有关。你父亲口中的一些故事是对书中某几夜的改编,我仿佛能从他的讲述中听到作者的声音。我们刚成为朋友的时候,他总是很谨慎,有所保留。但读了《一千零一夜》后,他变得非常会讲故事。有时,一本书能揭露一个人。令人好奇的是,他的讲述始终存在一些不确定和值得怀疑的地方,但他的声音和语调却总能说服听者。你父亲也会把埃米莉一家人的生活和城中琐事讲给我听,巧合的是,其中竟也有与《一千零一夜》的故事相似的内容,就好像他创造出了属于自己和其他人的另一种真实。我为这些巧合感到惊讶,但时间最终模糊了生活与故事的界线。今日令一个人惊讶的故事会在未来某天令全人类惊讶。我想到埃米尔的照片,它被水晶片保护着,让人想起玛瑙斯的一位死者,想起这世界上所有已逝之人。

埃米尔去世后,多奈尔离开了几年。我在一九三五年与他相识。多奈尔经常向我父亲和我们这些孩子展示他拍摄的照片集和亲手绘制的地图,令我赞叹不已。照片数量庞大,记录着他的旅途。地图画得十分精细,这需要耐心和细心。

每当受到赞美和鼓励,他都会谦虚地说:"也有画错的地方,但我觉得所有去探索未知的旅者都应该欣然接受犯错的可能性。"几年后,他曾尝试成为一名法学专业的哲学史教师,但没有成功,虽然他真正热爱的是植物学。我年少时经常去多奈尔家。他特别喜欢展示自己的各种证件。多奈尔给本地的德国移民后代上德语课。我对学习德语没什么热情，他注意到之后讽刺地说："一切还没结束呢。等我从两德回来，你的学习热情会加倍。"他去欧洲的时候，我以为他再也不会回玛瑙斯，但最后没回去的人其实是我——我在差不多同一时期去了南部。在莱比锡和科隆，他给我写了很多信，每一封我都反复阅读，每读一遍都对信中所述的昔日亚马孙生活感到惊奇。他对事物的观察如同评论家一般尖锐，像是在用放大镜看裸眼中的世界。对我来说，"亚马孙卡特兰"只是个略显神秘的词，但多奈尔知道它是一种珍贵的兰花，它又生出了颜色各异的花：海石竹，紫露草和观音兰。提到这些花时，他能准确说出花萼和花瓣的大小，让我见识到一堆奇怪的术语，比如棒梗石豆兰、粗皮页。他也会讲到其他花，比如蝴蝶兰和玉兰。每次我们参观他的兰花园，他都会指一指一块木板，上面写着：上帝在哪一秒创造了兰花？

我也记得他进入森林的经历。他待在那里几星期，或几个月，回来之后说玛瑙斯是个堕落的城市。"城市和森林是两种场景,是被河流分隔开的两个谎言。"他如是说。我在此地出生、长大,但对我而言,这里的森林是不能进入的,它带有敌意。为了弥补自己在大自然面前的无能,我经常长时间盯着森林看,期望能够破解其中奥秘,期望大自然能更加包容人类。多奈尔不接受我对森林的恐惧,他说生活在玛瑙斯的人如果不能与河流和森林建立联系,那就相当于生活在监狱里。"离开这座城市,"多奈尔说,"既是空间上的移动,也是时间上的移动,后者更明显。你想象过吗,只需要从港口离开,就能活在另一种时间里。"

有人问多奈尔是否真的改行了,他回答说:"我只是改变了视线的方向。以前,我的眼睛只盯着外部世界的某一瞬间,手按下快门。现在,我觉得看向内部更有意思。"我相信这里所有人都知道多奈尔一直在记录他对亚马孙地区的印象。此地居民的德行、身份认同,以及白人、印第安人与印欧混血后代的共处都是他最喜欢的主题。在他从科隆给我寄来的一封信中,多奈尔写了一篇文章,题为《亚马孙的目光与时间》,其中提到:此地居民迟缓的动作和迷茫、不集中的眼神是在寻找安宁,是他们抵抗时间的方式，或者更准确地说，是置身于时间之外的方式。他想要反对一个在此地普遍传播的共识，那就是：这里的人对一切都漠不关心，生来就是愚蠢的、悲伤的、被动的。他的论据基于在这一地区的生活经历，基于"洪堡的朝圣之旅"[1]和谈及此地的哲学书。那是一封充满引用和长句子的信，试图获得收信人的全部注意力。我的回信带着疑问和犹豫。

然而，无论是谈话，还是书信往来，每当我隐约提起埃米尔的事，他都不予回复。也许他是在遵守与埃米莉的约定，毕竟一个人的自杀会影响一个家族的好几代人。所有尘封往事都需要由埃米莉来解封，没有她的同意，其他人不敢说出半个字。我们所有的失败与脆弱，如果没能避免或预先防备，都会被封印在"巴黎人"或新家之中。埃米莉费尽心思从多奈尔那里要走照片，不只是出于对兄长的爱，还因为埃米尔那天的奇怪行径在照片中有迹可循。她希望这张照片只属于她，不愿城里的人凝视哥哥的面容。直到今天我还记得那张六乘八英寸[2]的底

---

[1] 亚历山大·冯·洪堡（1769—1859），德国科学家，曾对南美洲的气候、动植物、地形地貌等进行考察。
[2] 1英寸等于2.54厘米。——编者注。

片，我是在木箱里找到的。底片包在丝纸里，夹在一件叠得很整齐的白色衣服中间。黑色摆钟从大衣柜里拿走之后，我就不知道那张底片到哪里去了。昨天我又去了埃米莉的房间，衣柜门开着，木箱还在原来的位置，敞开着，里面空无一物，不知道她什么时候把里面的东西都拿出来了，又放到了哪里。也许她预感到自己会死，把所有东西都清理了，为了不留下痕迹。

从 V.B. 的来信中，我推测出埃米尔对妹妹很不满，这从他在修道院扬言要自杀的时候就开始了。埃米莉有一封没寄出去的信，在某种程度上揭露了兄妹的不和，也许也揭示出埃米尔悲惨的结局。

从贝鲁特到巴西途中，船曾在马赛港停泊。在那封没寄出去的信中，埃米莉写下的一句话让我永远也忘不掉，翻译过来大概是这样："港口对于年轻人而言是个危险的地方，因为他们总会被一种致命的病毒所害，那就是爱情。"信里还有很多诸如"妓女""下流的欲望""魔鬼的诱惑"之类的表达。有可能埃米尔想留在马赛，或是带某人一起来巴西。船在马赛港停留的四天里，他消失了，不知去向。焦急的埃米莉让另一个哥哥通知了法国警方,他们在一个火车站附近找到了埃米尔,硬把他带回到船上。他裤子的口袋里装着两张车票,还有一些钱。那钱原本放在埃米莉的木箱里,和衣服首饰一起。兄妹三人最终在累西腓下船,他们的父母,也就是我的外祖父母,觉得埃米尔的态度很奇怪。他几乎不和父母说话,在玛瑙斯居住期间,只有父母在场时他才会和埃米莉交流。我记得印吉艾跟我说过,埃米尔"犯傻"的时候常会说一句法语。我在信里并没有找到有关这句话的内容。在埃米尔下葬那天,我问印吉艾那句话是什么,但她几乎睁不开眼睛,睫毛上都是泪水。她只对我说了一句话:

"我太伤心了,孩子,我感觉自己就像一块破布……"

埃米尔留下的几十张照片被埃米莉用来许愿,持续了很多年。你应该注意到了,每年到了埃米尔的忌日,你奶奶都会走到圣母广场,朝着河流跪下,念圣安东尼奥的安魂经。然后,她走到码头,让船夫带她到伊度坎多斯区的河口,把鲜花和一张哥哥的照片扔进水里。每年都要重复一遍,住在"浮城"的人们对此感到好奇。一些人会到小楼来找埃米莉,一开始是来

| 第五章 |

打听事情,后来就变成了要钱或请求帮助。在我离开玛瑙斯之前(他们说是早在埃米尔去世之前),她就会把食物分给洗衣妇安娜斯塔西娅·索克罗家的孩子们。我想从她这一行为中看出慷慨和主动,这确实是自发之举,但要说算不算真的慷慨……我必须说明一点,洗衣妇和佣人们在家里干活,但是一分钱都拿不到,这在北部地区非常普遍。慷慨展现或隐藏在我们与他人的来往之中,在他人的接受或拒绝之中。埃米莉总抱怨安娜斯塔西娅吃得太多,说她一到周末就带一堆教子和侄子来家里,全仗着埃米莉有耐心。年龄超过六岁、身体比较壮的孩子被埃米莉分配了一些活儿:擦玻璃、擦灯泡、擦镜子、喂动物、刷羊毛、扫院子里的落叶。我沉默地目睹这一切发生,良心在疼,我知道佣人们吃的饭和我们家里人吃的不一样,而且在我们吃饭的时候,他们只能躲在鸡舍附近。羞辱感一直搅扰着他们,直到他们把勺子送到嘴边。除此之外,我的弟弟们随心所欲地欺负女佣,有时她们来到家里,第二天才离开,身上带着遭受暴力对待的痕迹。唯一坚持下来的是安娜斯塔西娅·索克罗,因为她容忍了一切,也因为她长得并不漂亮。她被骂过很多次，就因为小声抱怨说自己没有耐心大中午给在不同时间起床的每个人单独做早饭。侮辱、咒骂和耳光都是二层小楼里上演的残忍剧目，我记得有一幕令我整个人呆住，加速了我离开玛瑙斯的决定。

当时我正在屋里看书，突然听到哭声和喊叫声从楼梯处传来。我跑出屋，看到我的一个弟弟正在拖拽一个女人，她以前在我家干过活，此刻怀里还抱着一个孩子。埃米莉不知从哪里冒出来，把两个人分开，试图让他们安静下来。她陪着那个女人走到大门口，分别时，她在对方耳边小声说了什么。女人带着孩子去"巴黎人"找我父亲诉苦。我父亲大怒，他很少这么生气，双眼冒着怒火。我站在餐厅的窗边，眼睛一会儿看向旅游书中的地图画，一会儿看向院子里的一堆落叶。父亲突然冲进家门。看到他高大的身影出现在门口的那一刻，我愣住了。他手里攥着一条皮带，宛如一条黑色的蛇。他走得飞快，大步迈上楼梯，手和楼梯扶手摩擦，发出刺耳的声音，我害怕地听着"快跑，快跑""快逃命"，并且第一次听到父亲在愤怒的时候说葡萄牙语。他一边踹门一边喊，说他的儿子不能像畜生

| 第五章 |

一样在女人身体里射精。然后他下楼到厨房找埃米莉。书在我手中抖动,羽毛笔绘制的地图变成一张由细线交织而成的不成型的网。我在后院找寻乌龟萨鲁阿的身影,但没看到它。我也没有果敢地离开,恐惧让我变得手足无措,只能面对愤怒的父亲。他与埃米莉的争论短暂且激烈:他说这已经不是第一个抱着孩子出现在"巴黎人"的女人了,她们告诉他"这孩子是你儿子的,是你的孙子"。他说他漂洋过海来到这里不是为了帮寄生虫养他们享乐的结果,说他的儿子们把性和本能搞混了,这样不对,他们忘记了真主的名字。

"真主?"埃米莉开始反击,"你以为那些混血女人会望着天空想着真主吗?都是些轻佻的女人,在树林里和男人乱搞,然后跑到这里来讨要奶和钱。"

父亲突然打断她的话,转身离开。他对埃米莉的失望比对我弟弟们更甚。他怎么管教他们都没用。埃米莉总是站在他们那边。在她眼里,他们是飘于天地间的明珠,永远闪闪放光,她看得见,也够得到。

我不喜欢埃米莉与子女的这种相处模式,有时我会刻意与她保持距离,虽然我也是被她疼爱的儿子之一。我长成了一个不合群的儿子,就因为我不是个挥霍无度的人,不装可怜也不欺负人,拒绝残忍地对待他人。在内心深处,我知道自己离开家和这座城市也是因为受不了他们对待佣人的方式。我记得多奈尔曾经说过,在我们这块地方,也就是巴西的北部地区,特权不仅仅与财富挂钩。

"这里盛行一种奇怪的奴隶制,"多奈尔说道,"羞辱和威胁是鞭子,食物和加入主人家庭的假象是铁锁链和铁手铐。"

这话是对的。我注意到埃米莉努力对安娜斯塔西娅保持着表面上的热情。有时她俩一起在厅里刺绣或缝纫,聊着她们不尽相同的过去,这些谈话十分吸引我,我会在两人旁边坐上几个小时,盯着水烟壶上的金色花边看。木质烟嘴中间开口,仿佛等待亲吻的双唇。我听着两人的声音用变化的语调讲出太过不同的经历,拉近了她们之间的距离。安娜斯塔西娅觉得小院里的葡萄藤架非常神奇。架子顶部缠满枝条,叶子之间悬着一串串葡萄,白得近乎透明,一直长不大。她尝了一颗,酸得整张脸皱起来,不知道冰箱里那一串串熟透的、又大又圆的葡萄

| 第五章 |

是从哪里来的。冰箱里还有苹果、梨和我父亲从南边带回来的无花果。除了水果,还有一盒盒阿拉伯软糖、一袋袋乳香糖、一罐罐椰枣和抽水烟用的波斯烟丝。佣人们都不能碰这些水果和小吃。每次埃米莉当着我的面抓到安娜斯塔西娅连核一起快速吞下一个椰枣或是一块糖时,我都会撒谎说是自己吃了一盒椰枣,把剩下的一个给了女佣,以此来避免闹剧、惩罚和训诫,还能让埃米莉高兴,毕竟她只要看到孩子狼吞虎咽地吃东西就很开心,就好像幸福的定义与不停咀嚼、吞咽食物十分接近。

洗衣妇安娜斯塔西娅很感激我。洗好衣服后,她会在我的衬衫、床单和袜子上喷薰衣草液,还会在我的裤子口袋里放安息香和肉桂叶。混在一起的香味陪伴着我在城中漫步,到了晚上,香气在衣柜中扩散,仿佛某个昏暗角落里燃着看不见的熏香。

两个女人的谈话中也没少了气味这一话题。如果把"南方"水果放在亚马孙的大树可可和刺果番荔枝边上,前者的香味便相形见绌,埃米莉说后两种水果白天散发出一种气味,夜里会散发出另一种更浓、更甜的香气。"这些水果是用来满足嗅觉的，不是用来解饿的。"

埃米莉说："我小时候闻过的无花果香味才真能让人陶醉。"无花果的香气是牵出众多故事的线头。据母亲讲述，在她故乡村子里，男人们在十月的早晨用手拨弄地上的一堆堆落叶，用右手食指找寻蝎子，左手拿着无花果凑上去，毫无畏惧地看着蝎子尾巴上的尖钩蜇进无花果。她想起故乡的古罗马遗迹，那里的神庙建成于不同的世纪；想起儿时曾骑在动物背上玩耍；想起去修道院的路，要穿过雪山上很多个山洞，才能最终到达山顶的修道院。"但是还有另一条路，是露天的。"埃米莉激动地说。那是一条在风雪中自然形成的石头路，通向一个修女院或一个僧院。在高山之上，地面、河流和蓝色的大海都消失了，整个世界只剩下黑色雪松组成的森林。

安娜斯塔西娅专注地看着埃米莉，趁女主人暂停讲述之时挺直身子问道："大海什么样？什么是遗迹？巴勒贝克在哪儿？"有时埃米莉会皱起眉头，然后用手肘碰碰我，想让我来回答一些问题。有意思的是，你奶奶没意识到她说了好几句阿拉伯语，在回忆故乡的过程中，她远离了我，远离了安娜斯塔西娅、小楼和玛瑙斯。我没再盯着水烟壶上的花纹看,而是在思考,想换个话题方向,翻转时空,从地中海回到玛瑙斯,从白雪回到高温,从山脉回到平原。在安娜斯塔西娅再次开口前,埃米莉放下手里的针和布,吩咐她去准备咖啡,用青花瓷的小杯子装,杯子小到一口就能喝完。安娜斯塔西娅的讲述中有些不确定或者说很神秘的内容令我母亲着迷。与父亲、多奈尔和邻居们不同,埃米莉从未在亚马孙内陆地区生活过。她和我一样,不愿跨过那条分隔城市与森林的河。玛瑙斯是她生活的世界,还有另一个世界在她的记忆里跳动。她由安娜斯塔西娅的声音引导着进入一个令她感到惊奇的未知世界,那里有能够阻挡别人嫉妒之心的爬藤草,有能给人带来好运的彩叶芋,有神医能从植物中看出疾病的奥秘,他们制作的草药可以缓解人体三十六种疼痛。"也有不能治病的草,"洗衣妇说道,"但它能扰乱人心,只要喝下一滴用这种草煮的水,就能让人在一夜之间梦到自己好几世的生活。"

女佣讲述的这些事情,在别人看来可能值得怀疑,但埃米莉却不这么认为。到现在你都还能在后院看到埃米莉种下的爬藤草和彩叶芋，与观赏植物分开。在安娜斯塔西娅的建议之下，她将鸡屎和煤渣混在一起做肥料，每七天施一次肥，坚持七个月。结果就是喷水池周围长满了爬藤草，鸡舍附近形成了一片彩叶芋林。我记得有蛇把那里当成了巢穴，因此很多只鸡被蛇咬死了。埃米莉却丝毫不在意。"跟蛇生活在一起总比有人在背后嫉妒、算计我们要好。"她经常这么说。

安娜斯塔西娅可以一口气讲好几个小时，手舞足蹈，用手指、双手和身体模仿动物的动作：一只野兽进攻，一条鱼飞出水面觅食，一只鸟愤怒地拍打翅膀。如今，回忆着女佣在那些个下午所讲述的奇闻轶事，我意识到，安娜斯塔西娅是在通过讲述她的真实经历或想象来争取休息时间，短暂停下繁重的体力劳动。她用讲故事的方式让生活停下来，喘口气。她的声音将一个神秘的世界带入那栋二层小楼，带入我和埃米莉的心里。安娜斯塔西娅讲述的不仅仅是森林的真实样貌，还有她自己的幻想和杜撰，为的是逃避体力劳动，仿佛通过讲故事，她就能暂停自己的苦难。女主人放任她讲，偶尔在听到某个印第安词语或某种在玛瑙斯没听过的说法时，露出困惑的表情。那是洗衣妇生活中会出现的说法，属于一段极其遥远的时光、一个被遗忘的地方。我和埃米莉并不认识那里。听不懂时，埃米莉会看向我，但我也不懂，于是我们三人就僵在那里，陷入沉默，输给埃米莉所谓的"巴西语言的玄机"。沉默能暴露很多东西，令我们感到不适……似乎只有沉默才能揭示什么。对于埃米莉而言，也许那是很不耐烦的时刻。但先打破沉默的是安娜斯塔西娅，她说出一个词，是一种鸟的名字，神秘且难以想象，她开始仔细描述这种鸟的外形：翅膀上的大羽毛是红色的，身子是深蓝色的，近乎黑色。女佣能够惟妙惟肖地模仿出它的叫声。安娜斯塔西娅的描述十分细致，仿佛有一本词典在我们面前敞开，闪着光，一眼就能看到关键词。那只鸟从树叶之间伸出头，缓缓现身在我们眼前。

很遗憾你没能认识安娜斯塔西娅的伯伯罗巴托·那图里达吉，是他找回了埃米尔的遗体。自那以后他就成了家里的朋友，和多奈尔也成了朋友，多奈尔给他起了个外号："白魔法王子"。罗巴托人不高，已经八十岁了，身子骨还很硬朗，肤色黑如沥青，能逆流行舟一整天。我从没见过像他那么安静的人，但你可以从他的眼中读出一切问题的答案。我们对他的生活所知甚少。每次向安娜斯塔西娅打听她伯伯的事，她都保持沉默。多奈尔发现罗巴托能说一口流利的恩加图语，曾经还是有名的演说者，他一开口，就能吸引周围所有人的注意力。罗巴托刚到玛瑙斯时，大家都叫他塔库曼，那是他的真名。他凭借自己开天眼般的特殊能力而声名远扬。在被河水倒灌的那几个最贫穷的街区，每当有孩子在胡同和小巷里走失，人们就会去找罗巴托。邻村和邻市的人也会请罗巴托帮忙寻找迷失在河流或森林里的人。没人知道他寻人的流程，只知道他一夜不眠，早上抬起双臂指出一个方向或一个地点，失踪的人便会在那里出现。多奈尔还发现，罗巴托曾在卡宴[1]住过一段时间，和一个富裕的克里奥尔女人在一起，那女人决定去法国并留在那里，罗巴托差点儿就跟去了。

多奈尔就是有这种本事，只要他想打听，石头也得开口。但我每次见罗巴托，他都一语不发，手还没握完，他的眼神就已从我身上移开，不过那眼神比手的接触更能拉近两人之间的

---

[1] 卡宴：法国海外省法属圭亚那的一个市镇。

距离。埃米莉对他极为敬重,近乎崇拜。罗巴托鲜少出现在家里,但只要他的脚踏上门槛,左邻右舍就都知道家里有病人了。他背着个破旧的皮袋,里面装着各种药用植物。罗巴托是治疗风湿、肿痛、感冒、腹痛和其他多种不致命病症的大师。在治疗时,他会使用药草、蜂蜜和甜橄榄油的混合物。针对风湿肿痛,他用多种树皮、山金车花水和一点羊脂膏调配出药膏,抹在肿胀的四肢上,进行按摩。在赫克托·多拉杜医生的请求下,多奈尔透露了药膏的成分和精确的制作步骤。我记得医生从欧洲回来后曾谦逊地说:"我去过伦敦才明白并接受了一个事实,那就是这里很多病症的成功治疗都归功于森林里的居民对本地植物的深入了解。"作为赫克托的挚友,我和多奈尔以为这位毕业于巴伊亚大学并在伦敦热带医学院深造过的医生在目睹民间神医行医的时候会感到自尊心受挫。但令我们惊讶的是,赫克托在抱怨亚马孙的酷热以及因这里与伦敦之间的巨大差异而倍感折磨之前,先尝试去接近罗巴托。起初,他最多只能躲在植物后面悄悄观察罗巴托为埃米莉按摩腿。赫克托以约伯般的耐心从远处观看制作药膏的过程,逐渐熟悉了烟熏消毒法,也掌握了药葵、赭染藤、虞美人和一些野生植物根茎的特性。几周之后，他看到瓢里沸腾的奇臭无比的液体时，已不再大惊小怪，只要闻一下它散发的蒸汽，就足以让一个凡人体验永生之感。多奈尔默不作声地倾听赫克托的新发现和感受。然后，在只有我们两个人时，他带着一抹嘲讽的笑意，说那些土著对于一些显而易见的事情了解得比较慢。

有人赞许埃米莉和罗巴托的友情，也有人对此表示嫌弃。你应该还记得阿梅里科先生曾受的罪。他们一家人是咱们的葡国邻居，他岳父是指挥官。阿梅里科从蹒跚学步的年纪起就需要每天注射胰岛素。埃米莉不太接受这种"野蛮的"治疗方式，建议艾斯梅拉达去找罗巴托。本地所有医生都感到被冒犯。据埃米莉说，当艾斯梅拉达把罗巴托带到丈夫面前时，拉罗奥医生对病人们说："只有她那种外乡人才相信民间医生的信口胡言。这要是传出去，不久后大家就会相信风铃花茶都能治癌症了。"他提到癌症是有理由的，因为他的邻居和好友沙罗姆·贝奈莫的妻子想要找罗巴托治疗癌症，但后者知道自己能力有限。不过，罗巴托确实对阿梅里科进行了治疗。几个月后，我们的邻居感觉甚好，完全无需再注射胰岛素。他说了一句令人动容的话：

"我早上醒来再也不觉得自己就要活到头了。"

我记得他对生活充满了热情，还从地下室里找出一把西班牙小提琴，从那之后，每个清晨都在帕格尼尼的提琴曲中变得更加安宁。我知道他曾多年接受罗巴托的治疗。有些人说罗巴托给他用的药是多叶儿茶和凹叶翼齿豆的酒精萃取物。但埃米莉坚称除此之外还有一副汤药，用红厚壳木的根、皮和叶子，外加刺果番荔枝和厚瓣番荔枝熬制而成。对此罗巴托从未表示肯定或否认。出乎众人意料的是，他拒绝了阿梅里科给出的足够花一辈子的佣金，只接受了一幅源自阿尔科巴萨[1]的圣若阿金画像。

埃米莉因医生和病人们散布诋毁罗巴托的言论而感到难过。他们说这位民间医生把从棕榈树枝中萃取的一种红色液体滴到患者发炎的眼睛里，结果把那些可怜人给毒瞎了；还说他会用魔鬼仪式召唤恶灵来侵入受害人的五脏六腑。他治疗淋病

1　阿尔科巴萨：葡萄牙城市。

的方法，比如烟熏和对腹部及身体突出部位的按摩，也受到一些责骂。他们说此类病患经他治疗后，女人变得不孕不育，男人变得性无能。然而，最令众人气愤的是罗巴托的流浪生活方式，他没有固定居所。有些人说看到他进入一条搁浅在内格罗河支流沿岸的旧船，周边盘旋着秃鹫；另一些人坚称他经常出入几幢破旧的高脚屋，屋子墙上画满了怪异的圣徒像，圣徒们的眼神说不清是醉了还是疯了。

比起人们对罗巴托的诋毁，更令我们惊讶的是这位"白魔法王子"与安娜斯塔西娅·索克罗之间的亲戚关系。在很多年里我们都以为两人之前从未见过，但其实是罗巴托建议他的侄女来这里找工作的。出于某种原因，他知道了埃米莉需要一位洗衣妇，也知道她会雇用安娜斯塔西娅。罗巴托和他侄女只用眼神交流，我们以为两人对草药的兴趣只是巧合而已。他们之间的亲戚关系出乎意料地改变了埃米莉与洗衣妇的关系。安娜斯塔西娅得到了埃米莉的保护，与经常来家里拜访的熟人也更加亲近。闲暇的午后增多了，体力劳动也不如以前繁重。洗衣妇开始活得像个受到尊重的佣人，不再像个女奴了。但这种福利是短暂的。我的弟弟们多次犯下有悖于这种新变化的错误,埃米莉会投去严肃的目光。他们从未真正接受与一个印第安女人同桌吃饭这件事,她用和他们一样的刀叉和盘子,嘴唇碰触同样的水晶杯和陶瓷咖啡杯。他们脸上写着厌恶和拒绝,胃口也不如从前,不再称赞羊肉派、椰枣奶油面包和散发着烤胡萝卜香味的杏仁米饭。那个脸上带着皱纹、坐在桌边一言不发的女人能够令满桌的食物失去味道,也能令桌边其他人失去声音和动作,仿佛她的沉默阻止了其他人生活。没人跟安娜斯塔西娅说过什么,她主动回避了这种令我的弟弟们反感、令埃米莉感到痛苦、让每一顿饭都显得不和谐的新关系。用餐是家里少有的平静时刻,埃米莉烹饪的美食把我们聚在一起,有趣的谈话(谁被抢劫了,谁初来乍到或要离开,谁家结婚,谁丧偶了)能确保休战,让我们暂时忘记怨恨。我用余光观察父亲,看不清,但偶尔能感觉到他的目光在某些时候聚焦在那个受到评判和歧视的女人脸上。在我的想象中,父亲总是在与真主独处。多奈尔不同意,说道:"你夸张了,我们从不会只与主同在。"

他提醒我说，贝奈莫一家阅读《塔木德》[1]的时候都是两人或三人一起。我反驳他，说我父亲在阅读《古兰经》时都是独自一人，他只与圣书分享独处时光，他的孤独印在了书中。

后来，我们与洗衣妇的相处不再有固定的模式。远离餐桌的她不再那么像不速之客，也不如以前亲近。好胃口、声音和对埃米莉厨艺的称赞都回来了，有意思的谈话也复活了。我们谈到两个男人之间的一场决斗，它发生在某个周日的下午，在一条人烟稀少的路上。全城人对这场决斗等待已久，焦急地希望其中一方的死亡不只是一件轶事，而是要成为持久参与所有人生活的一个事件。其实，在玛瑙斯，既无痛苦也不残忍的死亡不会被人察觉；痛苦又残忍的死亡则能被人记住，渗透进时间，抵抗遗忘，仿佛这一悲剧结局与所有人有关。卡森和阿努阿尔·诺那托的决斗便是如此，以两人的死亡为高潮。他们在主教堂前相拥而死，仿若一对为认识死亡而重聚的亲兄弟。赛奥莫的死也让人难忘，他吊死在鲜花公路两边最高大茂盛的一棵树上，接着又被所有恨他的人分尸，人数众多。若一年之中

---
[1] 塔木德：犹太教文献。

并未发生残暴事件,人们便会召唤回忆:旧故事被加上新细节重新讲述,死者在讲述中再次死去,讲者们因对某个场景的回忆不一致而激烈争吵。生活并不平静。你见证了发生在索拉娅·安吉拉身上的事,也见证了埃米莉回忆兄长之死时的痛苦。随着时间流逝,我母亲似乎更加接近埃米尔,更加无法接受他的消失。距离那一天过去了二十多年,埃米莉仍致力于一项慈善之举。起初这并未引起父亲的反感;毕竟,不是《古兰经》的某一章节建议她这样做的吗?

我不知道那是如何持续下去的,但埃米莉住在这里时,努力确保"浮城"的居民不缺任何东西。在施舍的前一天,家里满是欢庆的氛围。在某人忌日的前一天,如此的欢闹想来也是奇怪。埃米莉起得比平日早些,把装有格尼帕花蜜的小玻璃瓶挂在莲雾树树枝上,供蜂鸟吸食。它们看起来就像汲取大自然乳汁的水晶小鸟,享用着黄色的花蜜,那是曙光的颜色。花瓶里的花和院子里的草地都浇过水了,双耳瓷罐里插满了法国人花园里种植的秋海棠和郁金香。一切都与如今无人看管的样子截然不同。那时喷水池的石头表面光洁,散发着白光。所有镜子都擦得明亮无比，映照出每个人的一举一动。负责打扫家里的是女佣们和她们的儿子，还有埃米莉的教子们。印吉艾、门塔哈和雅思米妮帮忙准备食物，既有东方风味，又有亚马孙美食。食物精心放置在麦秆编织的篮子里。厨房和小储物间的地上摆满了篮子，走廊也难以通行。在这一天的末尾，埃米莉巡视房子每个角落，给孩子们下达最后的指令，因为那些无人居住的小屋里总会有尚未清理的蜘蛛网和蚁穴，墙壁上有霉渍。当她终于和大家道别、准备祈祷和睡觉时，整个人无比疲惫，甚至看上去老了不少，仿佛这一天的每分每秒对她皮肤的每个毛孔都产生了影响。但到了第二天早晨，埃米莉散发着光芒，她穿一身黑色套装，颈间的白色珍珠项链贴合领口的弧度，如象牙般平滑的脸庞被波浪似的鬈发围绕，一只耳朵后面夹着一朵红色莲雾花，与她嘴唇上的口红颜色相同。看着埃米莉梳妆打扮，我父亲全身颤抖，咬着嘴唇，也许是对这整件事反感或嫉妒，但肯定夹杂着对眼前这番情景的痴迷，那是最纯粹的美。他并不感到惊讶，毕竟埃米莉精心打扮是为了尊敬死者。然而，那裹着她身体的黑色套装，比起哀悼，彰显的更多是奢侈。埃米莉把蓝宝石戒指戴在左手上,竟然还用睫毛膏刷了睫毛,她的指甲涂了透明甲油,闪闪发亮。除了埃米尔的照片和装满花朵的一个小花瓶,她只带了一个黑色皮包。

埃米莉从圣母广场和港口回来的时候,已经是中午。印第安人在小楼门口排起长队,在烈日下等待她的归来,一直排到了广场的凉亭。每年都有更多的印第安小孩和乞丐加入这条队列。身上有伤病的人向埃米莉展示伤口和溃烂的四肢,她把他们交给赫克托·杜拉多。很多接受施舍的人会送埃米莉礼物,他们更愿称之为"给众人之母的纪念品"。其中包括来自亚马孙各个角落的物件、动物和植物:鸟类和爬行动物,内格罗河水域的珍贵夜莺、爬藤植物、蕨根和棕榈、发磷光的鱼、食人鲳鱼的标本,还有一只船桨。这只木桨是还原度非常高的复刻品,原件承载着一个印第安部落的历史。她把桨挂在客厅的墙上,就在一块黎巴嫩雪松木边上。不知为何,这两件东西已经都不在了。小楼最里面的那个房间在很长一段时间里用来放置这些礼物,你和你弟弟经常在那里捉迷藏。喷水池边上的水塘里依旧有几十条鱼,我对看着鳄鱼长大这件事印象深刻,因为那时候可没有现在关住它们的铁丝笼子。那时也还没有那座巨大的鸟笼,仿佛一栋透明且聒噪的建筑,当时埃米莉把所有鸟都关在一个个木笼子里。

她从未想过把那些动物捐给别人。几个最贫困的街区的修女们多次请求她捐一些东西或动物,她们想拿去卖钱,好购买衣服、食物和药品。埃米莉总是微笑着拒绝。她用几乎抱歉的口吻对圣文森特修道院的修女们说:那些礼物对我来说就相当于圣徒遗骸。没人敢反驳这句话,尤其在她开始清点每件物品的时候。

安娜斯塔西娅·索克罗的一个教子负责记录。在开门施舍的日子,他就站在埃米莉身边。前来接受施舍的人们亲吻埃米莉的左手,获得用全麦面粉制作的食物。伊思佩迪托·索克罗把来者的名字及其所赠礼物的来源写在小纸片上,再把纸片贴在物品上。他要用几个月的时间给这些礼物分类、贴标签,动物要按种类划分,木材要具体到类型,用来装饰项链和耳环的羽毛及果核也要具体分类。伊思佩迪托后来能找到邮局的工作,肯定是因为这段经历。他负责把信件按投递区域进行分配,多年来对礼物进行记录并分类的经验令他在处理信件时得心应手。为了与修女们和平共处,埃米莉捐赠了大量水果。随着时间的推移,我父亲开始讽刺她的做法。他说:这一慈善之举很有意思,把从穷人那里得来的东西送给穷人。彼时父亲在那个特殊的日子里已不再掩饰自己的愤怒,他拒绝待在家里,说是太吵了,打扰他午睡,也许他心里希望那些神奇的鸟能朝门外的一众基督徒丢石头。对于丈夫的嘲讽,埃米莉的报复方式就是入侵"巴黎人"的储藏室,取出一些商品捐给修道院。在她偷拿自家东西这件事上,我算是同谋。在注意到我的惊讶与恐惧后,埃米莉辩解说她喜欢这家店铺和布料,因为这些物质财产让她能够去帮助有需要的人。然而,这种仿佛庆祝守护神之日般排场盛大的慈善施舍活动在索拉娅·安吉拉悲惨死亡后逐渐消失。埃米莉再也无法承受或假装无视这种来自命运的欺骗,它足以撼动一个基督徒或任何一个信徒,呈现出一种无法解释的矛盾:狂热的虔诚被一个诅咒、一个无法修复的惨剧所侵蚀,以如此残酷的方式失去一位亲人令几十年来坚持的慷慨与慈爱受到威胁,仿佛是从天空最阴暗的一隅降下不可预见的惩罚,落在这个虔诚的家庭上,荒谬又无法避免,令对上帝的奉献变作被魔鬼迫害的脆弱无力的阴影。因此,埃米莉在面对生活时变得被动、没有活力,比我父亲更甚,尤其是在我们共同生活的最后几年里。她仿佛活在没有时间的时间之中,跟朋友们抱怨她的日常生活太过索然无味、毫无动力,就像身体瘫痪了。

我没尝试询问她无精打采的原因,问了也不会有结果。我们母子之间有紧密的情感联系,一个人感受到的不安与疲惫会很快传染给另一个人。各种痛苦情绪的传染、我对母亲的崇拜、她对我生活的干涉,这一切都因我能听懂她的母语而变得更加强烈。与我聊天时,母亲无需翻译,无需斟词酌句,不会在选择动词时犹疑,也不会犯语义错误。因此她十分开心,既能听懂我说的一切,也能自主自然地表达,无论是通过眼神、手势还是语言。当我在弟弟妹妹面前对母亲说出我要离开玛瑙斯这一决定时,她的惊讶化作喷涌而出的千言万语,只有我们两个人能听懂。我察觉到她的态度有一丝反常。弟弟妹妹们被排斥在外,手足无措,也许还有些恨我们。母亲只教我一个人说阿拉伯语,没有教其他孩子。我想,她这是为了让我俩成为彼此最信任的人，为了在离别时刻只有我们两个人。她此时说阿拉伯语并非在禁止其他人听懂，而是想让我能最大程度地感受离别之痛，这仿佛在我心里引爆了一颗炸弹。那天午后，母亲没有像往常一样午睡，她等另外两个儿子上楼回屋后，单独和我道别。她不时沉默，靠在我身上，用手指抚摸我的双眼，抚平眉毛，划过颧骨，又用手背按下我的眼皮，轻轻碰触睫毛。然后，母亲把抚摸过我的手指聚拢，放到自己的心口。她慢慢直起身子，眼睛始终看着我。我呼吸着湿热的空气，嗅到其中近乎消散的麝香，提前陷入了思念之痛，想象着自己登上一艘不会返航的船。母亲只起身离开了一次，去厨房。回来时，她一手拿着果汁，另一只手举着一个托盘，里面有开心果、花生、芝麻和无花果。在发现彼此眼睛都红了、声音也因为激动而变调了之后，我们都有些不好意思。

那是一个在亲情与笑声之中度过的下午，夹杂着承诺与秘密。每当我们笑起来，生活仿佛都停下了脚步。抽搐般含混不清的笑声带着近乎不祥的意味。我的每个请求，母亲都一一完成。她说服父亲同意我在国家另一边继续学业，为此他们需要每月给我一笔钱，数目由母亲来定。她从未在信中写下只字片语，我们只通过信件交换照片，这是我能够在远方继续崇拜母亲的唯一方法。她在那个午后对我说的最后一句话（在整个家为迎接前来吃晚饭、围着水烟做游戏的亲戚朋友而陷入忙碌之前）是："我把你的眼睛守护在我心里。"她在将近二十五年的时间里一直给我寄照片，我则尝试从照片中了解她的生活和她身体上的变化。通过其中一张照片，我知晓了父亲的死讯。照片中的母亲坐在沙发旁的摇椅上，沙发上盖着白布，父亲以前经常在周日上午或节假日和她一起坐在那里。母亲左手无名指上戴着两枚金戒指，黑色的双眸在遮住半张脸的面纱后闪烁。这是她倒数第二次给我寄照片，已经是八年前的事了。那之后不久，她最后一次寄来两张照片，装在同一个信封里。在其中一张里，母亲的脸上还没有皱纹，头上裹着带有银色细纹的头巾。也许是因为闪光灯太强，又或许是受到她身边大量蜡烛烛火的影响，头巾上的细纹和散在额头、披在肩膀的碎发宛若水飞蓟叶子上发着光的纹路。她化着淡妆，表情严肃，姿态庄重，如同供在教堂中殿两侧神龛中的女圣徒雕像。圣母教堂的大门

| 第五章 |

朝着港口敞开，被清晨的太阳照亮。埃米莉的脸、女圣徒像的脸、蜡烛、火焰和神龛，这一切的细节在照片中都能清楚地看到。这是母亲寄给我的唯一一张彩色照片，显示拍摄日期是七月五日，寄来时已经裱在带有大理石纹路的斯科勒牌彩纸上，右下角标有卡恩兄弟摄影实验室水印。

另一张照片与第一张很不一样。埃米莉站在庭院中，照片中的一切都令我回想起我宣布要离开的那个午后。我认出了母亲身上的真丝连衣裙，和那天穿的一样，上面有手工绣制的黑色花朵，贴合母亲依旧苗条的身材，也贴合她丧偶不久的哀悼氛围。埃米莉坐在院子里的藤椅上，边上还有一把一模一样的，我曾坐在上面感受空气里的麝香味。我盯着这张照片，仿佛凝视着一本人生写真集，它由梦中编织的一张张空白内页组成。透过照片，我能听到埃米莉的声音，看到她就站在院子中央的喷水池前。清澈的水柱从四个石雕天使的口中喷出，勾勒出一座隐形金字塔。如果我没有看过这张照片，也许就不会去想那些年里收到的其他照片，忽视它们，或者只是借由它们唤醒一段逃离了现实的回忆。这张照片最令我印象深刻之处是它所呈现出的真实时刻与真情实感。我感觉自己就在现场,在埃米莉身边,坐在另一把藤椅上,专注于她的眼神和声音,她并没有质问我,装作对我要永远离开此地的想法并不反感。声音和画面令我记起一个幻想破灭的世界,那里有一张阴沉的面孔隐藏在标志着死亡已经开场的厚厚面纱之下。埃米莉通过讲述来揭开那层存在已久的面纱,最终它逐渐从她的生活中消失。自从埃米莉注意到女儿的肚子微微隆起,照片中的脸上就呈现出沮丧和痛苦。萨玛拉·黛莉娅并未意识到自己怀孕了,在起初的三四个月里,她始终不接受、不相信自己的身体里有另一个身体在成长,直到某天她不能出家门了,直到某个清晨她不能再迈出房间。萨玛拉过了五个月的禁闭生活,和那个尚未出生、藏得更深的隐形人一起。全家只有埃米莉会到她的房间看她,仿佛那里是充满危险的禁区,是瘟疫的集散地。索拉娅出生的那个夜晚,家里充斥着痛苦的呻吟声、埃米莉的朋友们帮忙准备盆和药膏的声音,还有祈祷声;然而,全家人对这一切充耳不闻。在几周、几个月间,没人从那个房间门前经过,禁闭的悲伤小世界继续存在,一个生命在其中隐秘地成长,那里仿佛是个不透光的鱼缸,不发出任何声响,没有任何声音宣告着两个活人存在其中,就好像母女二人已经放弃了一切,不期待赦免与认可。

埃米莉是唯一帮助她们存活下来的人。我们三个兄弟用了近一年的时间才接受,偶尔会忘记家里还有这两个人。这种距离感和无视变成了习惯。那个房间的门始终紧闭,本可以一直关住被抛弃的无用之物。然而埃米莉知道,总有一天,出于习惯,出于与这个秘密共同生活的坚持,我们会变得更加包容。我是最早见到那个孩子的人。一天早上,我看到她正在院子里,还走不稳路,苍白的脸上满是困惑,探索着未知的空间。喷水池的形态令她感到奇怪,她震惊于院子里有那么多动物。小女孩在你面前停下,摸了摸你的脸和头发,然后看向埃米莉和我妹妹,好像在问她们你是从哪钻出来的。你当时四岁,应该也问了同样的问题。你走向萨玛拉·黛莉娅,问她为什么离开,还问她有没有那个不住在家里但偶尔会来看你的女人的消息。萨玛拉陷入窘迫,试图找到一个答案或一个谎言,在她开口回答之前,埃米莉把你抱到怀里,在你耳边小声说了些什么。你好奇地看着索拉娅,笑了笑。埃米莉把你放下来,你跑到索拉娅身边,拉着她的手。你们一起去看动物,看喷水池池壁上的贝壳型雕饰、葡萄架上的白葡萄,消失在一片彩叶芋和孔雀草中。你们两个每天早上都藏在那里玩,到了中午,我的弟弟们该起床了,埃米莉会去找你们,把索拉娅·安吉拉送回她的房间,我妹妹就在房间里等她。两年后,差不多是在你的生母抱着一个婴儿来玛瑙斯让埃米莉抚养的时候,你明白了索拉娅不会说话这件事。在那之前,你应该就怀疑过,毕竟在你们两个做游戏时,她始终不发一语。你以为她是因为轻视你才不说话,为此还哭过。她的失语如魔法一般令你着迷,你像是面对着从未见过的某种现象,对将要见识的真相感到恐惧。但那既不是轻视,也不是魔法。你比家里的大人先发现真相,你问所有人:"为什么她不说话?为什么我跟她说话,她不理我?"我妹妹觉得这很荒谬,只需一个孩子的观察就能证实她不愿接受的现实。你提问的语气中带着肯定,让她感到无法再隐藏女儿生来就有的"异常"。她禁止女儿接触其他孩子和来家里拜访的人,把她的生活空间限定在后院和她的房间。

我记得在最初的两年里，除了埃米莉，没人能碰索拉娅。有一次，我试图靠近那孩子，却突然听到一声尖叫，随即停下了动作。

尖叫传达的并非训斥、禁止或敌意，更像是惊叹或出于害羞。我离开索拉娅身边，没能伸手去碰触她的脸，她一直盯着我看，也许是对我的后退和懦弱感到奇怪。那双眼睛又大又黑，把她的小脸衬得更小了，她的眼神想要吸引、触摸其他人，想要扩大自己与世界的接触。那是在有限的空间里日复一日过着单调生活的人才会有的疲惫眼神。一个房间，两个女人，一个后院，两个孩子，这就是索拉娅的世界。她只能尽量用眼睛去看，用身体去接触。她试图用目光抵抗这种单调，抵抗在每天中午被打断的生活，因为一过了中午，她的夜晚就来临了，视线再次局限于房间的四壁之内。我从远处观察过索拉娅几次，她独自躺在后院的土地上，仿佛忘记了一切，眼睛盯着喷水池里四个天使雕像中的一个。精雕细琢的天使身体微微前倾，一只脚的脚尖保持着平衡，双手张开。索拉娅的视线就停留在其中一只手上。在四个一模一样的雕像中，她选中了这一个，痴迷于那只五指分开的手。自从索拉娅能站好之后,她就开始用头靠近雕像的手。石头手指逐渐贴近独自站在红色地砖上的小女孩,贴近她的双眼。索拉娅重复着石头的沉默,也许是在无名的雕像上寻找着一个被遗忘或丢失的名字。一整个上午就在眼神与手的温柔接触中过去了。我远远看着女孩和雕像,不能靠近,因为妹妹就在院子某处密切监视,直到该回房间的时候。索拉娅被母亲抱起来搂在怀里,沉默的交流突然被打断,她的眼神从雕像上移开,并没有反抗或发脾气。

这一场景重复出现过许多次。我望着远处的孩子和雕像,不理解为什么索拉娅在四个雕像里选择了那一个,为什么她站在雕像旁边时会忘记周围的一切(花园,动物,泉水,你们)。母女二人的身影在我的视线中逐渐缩短,变成比布娃娃的手还要小的一个点,然后消失。我放任自己参与到母女在场与离场的游戏中,就如同女孩放任自己被石雕的手所吸引,如同石雕的手被女孩的目光所吸引。在许多个上午,我观察着索拉娅在院子里的行动,也从远处给她拍过照片,就那么一次。

我也曾半夜不睡觉,监视着夜晚的每个动静,不知是要揭露什么秘密。我发现周三和周六的晚上,萨玛拉·黛莉娅不在她的房间里,也不在家,很晚才回来。深夜,我能听到脚步声和钥匙开门声,听得出来她十分小心,避免脚步和转动钥匙的声音被人听到,但我的房间和她的相连,能听到一些声响,想象到她的动作。我想象着她从房间的一边走到另一边,在床和窗户之间停下,蹲下身看着女儿。我想象各种各样的情景,为的是不去听,避免听到从那个房间发出的声音。因为哭声会传染。哭声总能穿墙而过,脆弱的墙壁无法抵挡绝望的痛苦。在周四和周日的清晨,萨玛拉总是一脸通红,就好像她在前一晚的睡梦中经历了一场无法解决的冲突。我这才明白原因。我想,她允许自己在房间里哭是因为女儿听不见哭声里的痛,只能看到抽搐的脸,放大或闭紧的双眼,插进头发的双手。又或者她面无表情地流泪,看着无论白天还是黑夜都始终活在无声世界中的女儿进入梦乡。我后来得知,萨玛拉在离开家的那些个夜晚去了教堂,埃米莉建议她在剩下的人生里保持虔诚与贞洁。

"只有这样,你才能消除足以将你从头到脚腐蚀掉的罪恶。"我母亲说道。

过了一段时间，萨玛拉开始祈祷女儿能够长得像她。自从索拉娅·安吉拉出生以来，萨玛拉就总在女儿摇篮边上盯着她看，就好像她的眼神能够修改孩子的长相，把那张脸变得和她一样。为了能让两人长得像，她还有另外一种做法：母女俩脸贴着脸，就像是为了祈祷而并在一起的两只手。

我记得，在索拉娅出生后，萨玛拉第一次在我面前开口说话是为了把女儿的头发、眼睛和嘴唇与她的作比较。"如果哪天我女儿能说话了，她的声音会和我的一模一样。"她看着地板，若有所思地说道。我觉得妹妹想从孩子身上看到相似之处还为时过早，毕竟当时她自己的身体、脸庞甚至声音也还在成长变化之中。萨玛拉怀孕的时候大概十五六岁，她会和你一起玩布娃娃，会爬上树摘果子。她的调皮捣蛋让家里充满生气。索拉娅出生后，这一切都停止了。她的青春期被粗暴地打断。我开始注意到孩子身上有了些母亲的影子。我妹妹走在院子里的时候，会突然停下脚步，眼睛紧盯着某样东西看。索拉娅脸上也会出现同样专注的神情。过了很久之后，两人的样貌才显现出相似之处，能从一个人的脸上看出另一个人。

正是在这一时期,母女俩第一次也是最后一次一起走出家门。两人仿佛被恐惧指引,手牵手走在路上,躲避着路上的人,避免与暴露在正午烈日下的零星行人面对面。街坊邻居出现在窗前,萨玛拉手中的红色阳伞微微倾斜,挡住她的脸。她偶尔动动嘴唇,低下头,假装在和孩子对话,但她的声音只在梦里才能传到女儿耳中。两人贴得很近,母亲为和女儿步调一致而缩小自己的步伐。我站在阳台上看着她们越走越远,红伞挡住了烈日,也挡住了她们的头。随着距离的增加,母女二人的身影逐渐变小,这是她们第一次暴露在全城人的视线之下,也是索拉娅·安吉拉生前最后一次被外人看到。她穿了一条白裙子,埃米莉给她编了辫子,辫子垂在背后,系了红色的蝴蝶结。我注意到她的上衣领口处别着一个甲虫形状的贝母胸针,不知道是谁给她的,她一直盯着看。对于第一次出现在她面前的新事物,她总是会这样盯着看。两人走出家门时,索拉娅就歪着头看胸针。那是我最后一次看清她的正脸,不久后,母女俩从我的视野中消失。

第二天早晨,你冲进我的房间,摇晃着吊床,我过了一会

| 一个东方人的故事 |

儿才睁眼,看到你右手上拿着篮子,里面有花。你那时还没哭,也没有喊叫,只想把我弄醒。我刚醒来,还有些迷糊,以为你像往常一样因为想听故事或想看画册才来我的房间,你弟弟总陪你一起来。于是我问你弟弟在哪里,你回答道:"她,女孩子,表妹。"你开始颤抖,手在篮子里摸来摸去,眼中映出花朵,你用手遮住双眼,结结巴巴说不出名字,只是一直说着:女孩,她,表妹。我从吊床上跳下来,跑到隔壁房间,没有人在,幽暗的四面墙壁中只有沉默。跑出房间时,我被一阵喧嚣吸引,人声和汽车喇叭声混在一起。我跑到阳台,看到马路上围了一圈人,埃米莉跪在人群中央,她面前有一个盖着布的身体。再也没有什么可做的,面对失去生命的躯体,难过也无济于事。我跑到走廊上,敲两个弟弟的房门,告诉他们索拉娅出事了,在外面马路上被车撞了,我的声音里也许带有一丝怨恨。我并不期待他俩能有什么反应,因为他们对活着的索拉娅毫不在意,对她的死也不会在意。对此我并不关心。我从自己的房间门前经过,看到你蜷缩在吊床里,双眼紧闭,花朵散落在地板上,你的双手消失在篮子里。我跑下楼,遇到埃米莉,她怀里抱着你弟弟。埃米莉表情平静,手却在颤抖,大声说着什么。她重复了好几遍同一句话,我从她的眼神中看出她是在对我说,让我派安娜斯塔西娅·索克罗到"巴黎人"去找我妹妹和父亲。我问她要不要叫救护车,送索拉娅去医院。

"这里的人要死在家里,而不是死在医院。"埃米莉说。她让我去关"巴黎人"的大门,去订做黑丝带,但别告诉父亲。父亲和萨玛拉·黛莉娅一起工作有一段时间了,同意她到"巴黎人"工作是父亲的仁慈之举。在那里,他们两人很少交流,我之前去店里时,意识到两人都有些焦躁不安。父亲把我带到货柜间的过道,小声问我:"你跟你妹妹打招呼了吗?""孩子们在家吗?"他指的是你弟弟、你和索拉娅·安吉拉,你们这三个被他当作儿子女儿来抚养的孙辈。

索拉娅·安吉拉刚出生时,我父亲不喜欢她,远离她,仿佛那孩子是一个幽灵或被诅咒的布娃娃。然而,随着时间的推移,幽灵逐渐有了形状,被诅咒的布娃娃吸引了他的注意。父亲和索拉娅之间有了一种亲密。索拉娅会给爷爷准备水烟,在他喝完咖啡之后给他端去开心果和花生。有一次,她从女佣手里接过爷爷的凉鞋,亲自给他送过去。父亲有些拘谨地向她道谢,然后小声对埃米莉说:"她还真不是个坏孩子。眼睛和你很像。"后来,他允许甚至要求母女二人和大家一起吃午饭,笑着看索拉娅模仿她在院子里看到的景象。父亲的这种宽容令我的弟弟们更加愤怒,但他们不得不吞下怒火,脸上一副既不能发火又笑不出来的愚蠢表情。索拉娅明白他们不想看见她,能同桌吃饭是她的武器,她的胜利。女孩逐渐拓展了她在房子里的活动范围,总是能吸引别人的目光;这不是因为她会到处走动——她停在某些东西(喷泉的雕像、客厅的钟)前一动不动、全然忘记世界甚至她自己的样子更引人注意,没人能对此视而不见。偶尔我会觉得,她专注于某物是为了自己被人观察。索拉娅的存在使一些人感到愤恨,使另一些人感到不耐烦。于我而言,她让我产生了无尽的好奇,想通过她的样貌来确认她父亲是谁。就连埃米莉也无法从女儿口中撬出这个秘密,它就像一个丢失在海底的黑匣子。我的弟弟们把一部分少年时光用在调查这件事上。他们甚至暗示孩子的浅色头发是萨玛拉·黛莉娅和我经常去找多奈尔的结果。多奈尔得知此事后,不再到

| 第五章 |

家里来。在他从德国寄给我的一封信里，多奈尔隐晦地提及此事，他说乡下人对流言诽谤的喜爱简直如同对女神的崇拜。"那是乡下生活里最具创造性的活动，"多奈尔写道，"也是愚蠢之人抵抗无聊的唯一方式。蠢人也能杜撰，这话说得没错。"

口头杜撰与实际行动并行。弟弟们走遍市中心的妓院，一家接一家，拿出萨玛拉的照片给老鸨看，想知道她们认不认识这个从家里逃走的年轻疯女人，两人得到的回复是放荡的笑声，感到手臂被老鸨拉住。他们觉得被戏弄了，上楼到妓女们的房间，问那些只有十二岁的女孩是否见过萨玛拉，但没有获得任何线索，无迹可寻，至少在市中心的妓院里没有。两人经常傍晚离开家，第二天早晨才回来，脚步踉跄地走进家门，大声喊着埃米莉和女佣，到萨玛拉·黛莉娅的房间巡视，想要找到一些可疑的痕迹。他们也会去树林里的妓院找人。有一天早上，两人开着一辆老爷车，带着两个女人回来，在家门口按喇叭、拍手，一见到出现在阳台上的埃米莉，他们就大声问能不能和那两个女人在妹妹的房间睡觉。埃米莉失控了。她穿着丝质睡衣走下楼，手里举着拖鞋，朝着门外四人一通乱打，嘴里喊着

"没羞没臊""一群丢人现眼的",让他们去树林子里和母狗睡。她用力关上大门,又锁上房子前后门,一边上楼一边用嘶哑的声音抱怨道:"我从没想过在活着的时候也能见识地狱。"

对于萨玛拉·黛莉娅离开家、藏起来、自己一个人生活这件事,我的弟弟们感到震惊与绝望。只有埃米莉和我父亲知道她住在哪里。即将离开玛瑙斯的数日前,我求母亲带我去见萨玛拉,因为我想单独和她聊聊。埃米莉同意了。在一个周日晚上,我们一同走出家门,沿着我认识的路走到了"巴黎人"。我不知道母亲周日晚到店里要做什么,我觉得她可能是想拿些东西捎给女儿。我们走进店里,点上灯,我记起在那里度过的安静的周六午后,模糊的光线笼罩着巨大的货柜和其中的货物(布料、扇子、小瓶香水),一如从前。这里的环境能唤醒人的记忆,一幅幅画面在我脑海中浮现,又几乎在出现的同时就消失了,消散在某一个午后或童年的所有午后时光之中。

我没想到萨玛拉住进了那个隐秘的房间,就是以前母亲给我上完阿拉伯语课会去的房间。房间不大,但看起来挺宽敞,因为没什么家具,四面墙都是白色的。天花板非常高,高到让人忘记它的存在，令坐在小床上的人显得更轻、更渺小。她抬起原本低着的头，我能从她的脸上看到一种无表情的悲伤。埃米莉刚一离开，萨玛拉就起身向我问好。我仿佛是在拥抱和亲吻一个既陌生又十分亲密的人，她分裂为我遥远记忆里的小妹和当下这个已为人母的女人。我们沉默了几分钟。我朝屋里的一张桌子走去，上面放着一个摊开的本子，一个台历，还有一张索拉娅·安吉拉站在喷水池雕像边上的照片。萨玛拉注意到我在看照片。

"这是她留下的唯一一张照片。"萨玛拉说。以这句话拉开帷幕的谈话并不长。她说话时小心翼翼。她先问我多奈尔的事，我说他打算去德国，萨玛拉想知道他启程的时间，以及他是否还会回来。接着，她逐一诉说她的错误和醒悟，说她不再在意两个弟弟对她抱有的敌意。

"迫害、辱骂和威胁是他们对我的惩罚，后来这些变成了那两个傻子打发时间的方式。"

其实，过去最折磨萨玛拉的是她无法与女儿用语言交流这一事实。两人禁闭在房间的那一年里，我妹妹并未感到难过。

第二年，当她们的生活不再局限于卧室，孩子的失语如同一个伤口显露出来。索拉娅之前会哭，但那是还不会说话的人发出的哭声。在孩子去世之前的几个月，萨玛拉经常半夜惊醒，以为自己听到了说话声，但躺在她身边的孩子始终安静地睡着。在"巴黎人"，她继续做梦，只是现在会梦到和女儿谈话。在其中一个简短的梦里，女儿自言自语，她想回应，却什么也说不出来。

"我当时感觉整个人都动不了。"她说。如今她为了不做噩梦而抗拒睡眠。

我不敢提问，只是听着她说，眼睛始终没有离开索拉娅的照片。我记得我从远处拍下这张照片，八乘十二的放大比例突显了距离，使孩子的面孔变得模糊。石雕天使的红脸蛋在黑白照片中变成一抹深灰色，和索拉娅·安吉拉浅灰色的侧脸形成对比。这张支撑着我妹妹继续讲述的照片是能够鼓舞罪人的最后一丝火花，使其远离将她困于无尽黑夜的恐惧与罪过。

这次见面，我们最难开口谈及的是沉默的那几年，那段我们互不理睬的时光。谈这个是禁忌，虽然我俩都明白那段时间对我们造成了终生难以磨灭的影响。我知道她在等待我的一句评判，而我则看着手表，假装自己赶时间。我开始反思这次会面，借此平息急切的心情，不对自己不喜欢的那段经历做出评价。我在想：虽然我们只交换了少许言语和眼神，但这次短暂会面的确令我们更加靠近彼此，毕竟沉默对于两人的相互认知也能起到一些作用。也许她不想再谈这些，把眼睛从照片上移开，暗示着话题的转换。

我观察起那个房间，发现这里的床和母女两人在家里睡的床一样。这张床成为两个住所、两种生活、两个时期共有的一件物品。萨玛拉回到床边坐下，保持着安静，等待着从我这里发出的信号。我们两人第一次看向了对方的双眼，许久都没移开视线，交汇的目光中承载着无尽思绪。我想：有谁能将那么多混乱的记忆解开？眼神交汇之处夹杂着分散在各个时期的画面与情感：多少次电车之旅，多少次潜入冰凉的河水里，多少个手足之间的小秘密，还有看到对方为首次参加舞会做准备时所感到的恐惧与嫉妒。但这其中最突出的，是我们在深夜里被床摇晃的声音和人的喘息声吵醒时，作为同谋的相视一笑。我们蹑手蹑脚地离开房间,穿过走廊,停在父母的卧室门前,如同两个哨兵,虽然看不见,但可以想象房间里发生的事。我俩忍不住笑(一只手捂着嘴,另一只手牵在一起),把头靠在门上,笑声和其他声响盖过了床的颤动:一场火热的角斗在深夜上演。夫妻间的激情戏持续进行,我们没有离开。门的另一边迟迟没有安静下来,有时候我们根本等不到里面变安静,好奇心被睡意战胜,像两个梦游的人一样摸着墙走回房间,第二天一早我们会感觉身体充满了力量,仿佛睡足了三夜。

我记得有一次大人聊天时提到阿梅里科和艾斯梅拉达的蜜月,埃米莉说:"不存在什么蜜月期,爱的甜蜜可以一直持续到老,到死为止。"

甚至在我启程前往南方的前一晚,埃米莉都在践行这句话。她因家人的离世和各种辛酸而一蹶不振,却总能把夜晚变成欢愉的盛宴,让充满愉悦的声音传遍两栋房子的每一个房间,并不担心睡在隔壁房间的儿子和睡在里侧房间的女佣会怎么想,会说什么。烦恼和沮丧令她倍感无力,像只又瘦又老的母羊,欢爱的夜晚把活力和对生活的渴望还给了她。如此,我和妹妹发现，父母在互不理解和欢爱这两件事上都过度了。记忆拂过童年的水面，我俩在夜间的秘密行动逐渐浮现。我想：萨玛拉的身上还有童年的影子吗？从她的眼神中，还能看到那个时期的一些痕迹，但笑容和搞怪的表情都已经消失了，声音也变了。她用缓慢、平静但并不严肃的声音问："是你送的绢花吧。是你还是别人？"我不知道那个放置在索拉娅·安吉拉头上、仿照兰花精心绣制的花冠是谁送的。我妹妹在思考这件事。她试图拆解这张迷网，我无法对自己也感到困惑的事情发表什么看法，也不想滋长她的怀疑，便放任她的问题飘在空气里，最终被沉默抹去。我知道我的回避态度令萨玛拉心急。是我主动去找她谈话的，自己却没怎么开口。最终，准备离开时，我问她为什么要搬到"巴黎人"这个充满过去影子的地方。

"那是你的过去，不是我的。"她不紧不慢地说道，"我的整个人生都被抛弃在另一个住处了，在我受了很多年苦的那个房间里。我决定搬出来是因为父亲的沉默太过可怕，几乎是一种挑战。"

"他不跟你说话吗？一个字都不说？"我问。

"他和我说话时就像是对着一面镜子。大部分时间里,他都在小声诵读圣书。我几乎听不见他的声音,听见的部分也听不懂。我觉得他读书是为了忘记我。"

萨玛拉起身送我到门口,她的双眼有些湿润,她说她更希望父亲能管教她,打她。

"没有什么比他的沉默伤我更深。"萨玛拉流下眼泪,和我拥抱告别,她的身体已不再是曾经拥抱我的少女身体。

第六章

我们的生母所住的房子离埃米莉的住处不到五百米。在短暂的路途中，我惊讶地发现有些地方仍旧保持着原样，定格在时间里，没有新建筑出现。老旧建筑也没有缺少哪怕一根柱子或一面墙；广场上的石狮子、野猪铜像和狄安娜女神铜像仍矗立在原位，分布在一棵棵槐树和一座座长椅之间。以前，人们在长椅上或坐或躺，凝视着凉亭的玻璃瓦和朝着湖边移动的爬行动物，它们被停留在湖面上的苍鹭和裸颈鹳吸引，这些水鸟在睡觉或假寐，踩着没入水面的极细的枝条保持着平衡。在凉亭和两个铜制哨兵像之间有一座长椅,曾有一对来自西西里的兄弟经常背靠背坐在上面聊天,他们聊着聊着会突然起身,朝相反的方向各自走开,身后跟着一群野狗。他们脚上都穿着靴子,上身穿无领的红衬衫,下身穿灯笼裤。若有人跟在两兄弟身后,会惊讶地发现他俩总要走错综复杂的路,到人烟稀少的地段,侵入那里一些荒废的老房子。最终两人会走到一条路的尽头(也是城市的尽头),在一面用石灰和煤块写满了脏话的红砖墙前相会。然后,这对兄弟沿着不同的路走回来,在同一时刻到达广场,坐在同一座长椅上,继续他们之前的对话。两人依旧背靠着背。野狗舔着他们脚上的靴子,撕扯着灯笼裤,哨兵铜像边上的两名士兵会嘲笑他们的奇怪举动。

如今的广场已不再是曾经的模样。虽然那几尊铜像都还在,但长椅上已不再有双胞胎兄弟的身影。无论是在树上、湖里、喷水池中,还是在环绕着水池的条条小路上,都没有了动物,也听不到它们的叫声。

我走到埃米莉家的大门前,家里的安静令我惊讶,既没有猴子和家禽刺耳的叫声,也没有羊的声音。大门锁着,透过镂空的砖墙，我能看到通往后院的小路和一部分院子，小路上铺满了葡萄架掉落的枯叶。整栋房子像是在沉睡，我喊着埃米莉的名字敲了敲门，没有回应。于是我想起了女佣的话：埃米莉应该正从市场往回走，挎着装满鱼、水果和蔬菜的篮子。这些东西曾在某个清晨散落在灰色石子路上，那里躺着一个被撞倒的小女孩。当初的石子路如今已变成了沥青马路。我在莲雾树附近徘徊，不知该做什么，看看开满枝头的粉红花朵，又看看落在草地上已经烂掉的果子。我想念白茉莉的香味，大人们称之为"萨曼"，它属于我的童年。

我决定在城里四处转转，与自己未能见证的多年时光对话，午饭时再回来。我经铁桥走到内格罗河支流的另一边，进入了一个不曾到过的街区。一股难闻的气味扑面而来，随处可见彩色的木板房，里面传出印第安小孩的歌声，他们的脸庞出现在窗子后面，窗框似乎成了分隔屋内世界与屋外的界限，孩子们的视线不知看向何处，他们不关心时间的流逝，也不在意我这个正在小心观察他们的行人。然而，他们的眼神偶尔会落在我身上，盯着我看，令我感到恐惧和陌生。我和他们的世界之间隔着一条鸿沟，陌生感是相互的，恐惧和威胁也是。我不想被视作外乡人，毕竟这座城市是我生长的地方。这个街区的小路错综复杂，没有两条是平行的，河流是此地的唯一参照物——这里可没有圣母广场和教堂的高塔。

一整个上午，我都在那个未知世界游荡，那可是我童年的禁忌之地。那里有醉汉打架斗殴，女人们不是小偷就是妓女，锋利的长刀在那里用来砍人和动物。我们听着这些血腥恐怖的故事长大，据说那个街区收留怪物，那里的人会杀害婴儿，他们来自另一个世界。远离玛瑙斯的时间让我将脑中的这些恐怖故事清除，如今可以过河到达曾被禁止涉足的地方：泥泞的地面，五颜六色的木板墙。墙上用刀横竖划出来的窗户让我们得以看到里面的空间：一群没穿衣服的孩子，身上脏兮兮的，隐没在许多彩色吊床投下的影子里。在苍蝇的包围下，女人们或给孩子喂奶，或在生火做饭。总能闻到炸东西的味道，鱼的味道，还有其他食物的味道。

经一条弯曲的小路穿过这片街区后，我决定从另一条路返回市中心。我想坐船跨过支流，从远处眺望浮现于内格罗河岸边的玛瑙斯。船夫划桨行船，城市逐渐在我的视野中扩大。小船从广阔水面行驶到蜿蜒沙岸的过程十分缓慢，让我觉得在船上待了很久，划桨似乎没用了，我们仿佛要永久停留在河中间。"划桨"和"停留"这两个动词不再具有"动"与"不动"的区别。随着小船逐渐接近港口，我想起一句你总爱说的话：在水中远远眺望这座城市，它便不再是原来的样子，甚至都不再是一座城市，缺少了透视层次、深度、形态，更重要的是，缺少了人群，这才是一个城市的生命。也许它看起来更像是一个平面，一条坡道，或是多个平面和坡道与水面组成模糊的角。

过了很久，船才在码头靠岸。烈日无情地炙烤着一切。我感觉难以睁开双眼，不是因为光线太强了眼睛不舒服，而是因为不想看到眼前的景象，它令我终于意识到自己真的离开了近二十年。泊位距港口还有一段距离。走在栈桥上，映入眼帘的景象十分可怖，我是真的已经不认识这座城市了：沙子上到处都是垃圾，一股恶臭从沙滩、泥潭、砖石和一些船只中散发出来。我走过一片无所不有的垃圾海洋：果皮果核、易拉罐、酒瓶、腐朽的老旧木船，以及动物尸体。退潮后，被埋葬了数个月、数个世纪的腐物显露出来,一群秃鹫在其中寻找腐肉。除了天气炎热,人群的吵闹也令我烦躁。一些衣衫褴褛的人发出含混的声音,也许是想模仿着说出几句英语,给外国游客做向导。他们身体上都有残疾,脸也毁容了,聚集到这块充满垃圾的泥泞之地。城市的这一隅仿佛是大火中扭曲着的躯体。我付钱给船夫,匆匆逃离人群的吵闹声、乞讨声和喊叫声,这些声音与不知从何处传来的广播声混合在一起,广播向游客告知船只动态,播报它们的出发地和目的地。一些城市的名字听起来很奇怪,明显是无意义的语音组合,念出来时舌头都觉得别扭,但这些地方确实存在,不在地图上,但在人们的生活中,毕竟确实有人生活在那里。沙滩尽头是一堆小木屋,迷宫一般分布在岸边大道、马路和广场上。都是些卖小商品的店铺,货物有圣徒像和圣衣、骑在马背上剑刺绿龙的圣徒画像、木头雕的鳄鱼和大嘴鸟、蟒蛇的迷你模型、手链、项链和吊坠。最吸引我的商品是用晒干的树皮制成的面具,薄如人的皮肤。店中人可能无法想象,在并不遥远的某些时期,他们祖先的脸上曾戴着类似的面具。一张张脸庞和面具在时间的流逝与暴力中过度消耗，仿佛合为一体，面具背后的人对一切都漠不关心，哪怕面对着正在寻找阴凉处或正举着相机捕捉一瞬现实的游客。

在圣母广场地势最高的地方，正对着教堂大门，奇特的一幕打破了正午的麻木。有个男人不知从哪里冒出来，远远看上去就像神话里的法翁[1]。由于此人太过奇怪，我决定朝他的方向走去。男人平举双臂，脖子上绕着一条蛇，垂挂在他胸前，两个肩膀上各站着一只金刚鹦鹉；此外，他的手腕、脚踝和脖子上还绑着很多条绳子，上面拴着一群体型微小的猴子。他迈出第一步，整个动物园像是要解体，猴子们来回跳动，蛇爬到了他的手臂上，两只鹦鹉扑扇着翅膀。就在这一刻，教堂的钟声响了，宣告正午十二点的到来。沉重的钟声与动物的喧闹交织回响，形成一种奇特的和谐，一场失调的风暴，一次音律盛宴。我希望你就在我身边，和我一起观察这个行走的动物园，它仿佛在白光中炸开，冲破帘幕般厚重的湿热空气。

这个满身动物的人占据了广场的空间，吸引了行人的目光，令周围小商店里的人都停下了手上的动作，令刚从教堂里出来

---

[1] 法翁：罗马神话中半人半羊的精灵。

的信徒们感到腿软,他们用手画着十字,加入了围观的人群。一群法学院的学生走下台阶,穿过校门,加入了游客的行列。游客们举起相机,眼睛盯着取景器,跪着或半蹲着,跟在行走的动物园后面。还有人爬上树,想从高处拍照,也许从那个角度拍,就看不到男人的本体了,他的脑袋会混在绳子和动物之中。我朝他走近,又稍微走远,想看清他的脸,想细致描述他的样貌,但描述本就无法完全准确,看不见的东西更无法用文字来描述,只能杜撰。用图画展现似乎更加合适。画笔和颜料,急切或迟疑地涂抹出一团团颜色,捕捉着男人被鬈发遮住的脸,一直到脖子上的绳子。基本看不到他身上的其他皮肤,泥土形成的一层类似铠甲的硬皮是他的衣服,除此之外,他的双腿之间有粗麻布蔽体。我在他身上寻找碗、罐子或者任何能接收零钱的容器,却一无所获。这人不是乞丐,至少和城里的其他乞丐不一样。即便如此,游客们坚持要给钱。在找好角度,近距离拍照后,他们朝那男人扔去硬币和纸币,作为扰乱他前行的补偿。然而,钱都被一群孩子捡走了,男人继续往前走,张开双臂,协调着自己的动作与动物们在他身上的行动。

在笑声和咒骂声中，男人逐渐远离了人群。有人向小猴子身上扔纸球、小木棍和石子。小猴子在他身上到处乱跳，有的蹭着鹦鹉的翅膀，有的落在蛇身上。这些动物像是被困在没有门的笼子里，只能发出一阵阵叫声抗议人类朝它们扔东西。然而，叫声又引发了新一轮的攻击，此外还有笑声、辱骂和威胁。男人偶尔停下来，试图保持平衡，他全身都在颤抖，但依旧坚定，相信自己能够站稳，仿佛他赤脚走过的每一步都在地里生了根。他勉强保持住的平衡又引来了新一轮攻击，还有新人加入：士兵、搬运工、街头小贩和渔夫。游客手中的相机镜头也被拿来反射光线，故意往男人脸上照，戏弄他。此刻人群几乎已经变得和行走的动物园一样奇怪，从一开始的观看到追踪，再到攻击、惩罚，这些转变令我感到恐惧。那男人和他身上的猴子、蛇并不可怕，失去理智的人群才可怕，他们被恨意点燃。男人走上小木屋之间交错的小路，那些小路因随时可能冒出来或搬走的帐篷而时刻发生着变化，男人、女人和孩子住在帐篷里，他们摆开小桌，在广场上卖东西，一个个帐篷如同分散在各处的蚁穴。人群也跟着涌入小路，令人好奇的是，他们并没有阻止、也不想阻止男人前进的脚步，好像只想看他和动物一同前行，期待着他的脚步变得无力，步履蹒跚，直到不可避免地摔倒在地，被动物撕咬。也许这就是他们的乐趣所在。然而，在这些人的视线范围里，男人始终安然无恙地走着，直到他的身影变成一个小点。我看着他越过岸边的红色石头斜坡，到达靠近水面和船的泥地，然后就看不见了。岸边斜坡上矗立着一堵人墙，仿若移动着的厚厚云层。偶尔能从人群缝隙中窥见船的影子。

遥远的天际突然泛起灰色，与水面形成对比。紧接着，灰色逐渐加深，令人分不清水和天的界限，远方的地平线渐渐暗了下来，堆积的乌云让那里看上去仿佛已经迎来黑夜。狂风大作，卷起尘土和纸张，威胁着结构脆弱的小木屋和摆在外面的小商品。很多人匆忙收拾着暴露在外的面具和其他物品。泥地上的一条条栈道被踩得上下晃动，人们焦急地在暴雨倾泻之前拯救水果和蔬菜。

我在广场最高处多停留了一会儿，观察人群来回跑动，见证周围转瞬间发生的蜕变：帐篷和小船分别在陆地和水里做着对抗大自然的准备。我感觉自己曾经历过眼前所发生的一切，

一个东方人的故事

就像从梦中醒来意识到做过同样的梦。然而，我记不起那是在何时何地。在广场尽头靠近河岸的地方，各种颜色在跑动，把码头变成了巨大的移动舞台。

我以为自己是唯一的观众，眼睛看向迷失在水和云之间的小船，看向码头的搬运工人，看向五颜六色的冲浪板。然而，见证这些场景的不只我一个人，你无法想象当我看到一个十分陌生的人正在靠近时的恐惧。他看起来不像游客，也不像是本地人，个子很高，一身白衣，步履蹒跚，像是需要帮助。我以为他是冲我来的，但那人在离我几步远的地方停下了脚步，眼睛始终看着河水，偶尔抬起头张望，不知道在找寻什么。我看着他花白的头发和干瘦的手指，终于确定了他的身份。他注意到我热切的目光，开始盯着我看，但那双几乎贴在厚厚镜片上的蓝眼睛没能认出我是谁。

我继续看着他的双眼，等他想起我。我有些害羞但大声地背诵出两句诗，那是我过去放学后经常背诵的两句，在那遥远的年少岁月，在家中的地下室里。从那时起，我对背诵并不认识的发音和词句产生了兴趣。听到我的声音，他的脸上突然有了光彩，仿佛那些词句消解了他的痛苦。他张开双臂说："你怎么在这，小姑娘？！[1]"他一脸不可思议的表情，笑容和眼神中都透着惊讶，没去管从包里掉出来被风吹走的几张纸。暴雨倾泻而下，冲击着城市，无数雨滴坠入河面，激起涟漪。

我们两人在偶遇的快乐和暴雨的威胁中犹豫不决，不知该到哪里避雨。他指向码头附近一家名为"河中美人鱼"的酒吧，但雨已近模糊了码头和港口的一切，令整个城市笼罩在神秘、幽闭的氛围中。我们不知方向地跑了起来，最终跑到了教堂，进入大门时，我感觉湿衣服粘在身上。脚步声、衣服滴水声和呼吸声在教堂昏暗的环境中回响，用来照明的只有圣徒像脚边的数十支点燃的蜡烛，圣徒们看上去仿佛脚踩火焰。我们穿过正中间的过道，我对这一陌生环境进行着观察。雨水猛烈地打在教堂穹顶上，发出持续不断的噪音。

我们来到教堂中殿右侧的一个神龛下，坐在肮脏的黄色大理石台阶上。周围有许多不知何时点燃的巨大白色蜡烛，在烛台上慢慢熔化。成堆的蜡烛如小山一般环绕在圣徒像底座周围，

---
[1] 此句原文为德语。

离女圣徒越近，火苗就越长。体积最大的一些蜡烛也许是清晨点起来的，摇曳的火光舔舐着石膏制的圣袍，仿佛还保存着最新的祈祷和愿望。昏暗的光线适合窃窃私语。多奈尔的声音很小，每当雨滴更加猛烈地击打穹顶，他就会稍微提高音量，瞪大双眼，用手绢擦拭脸上的汗水。偶尔他看起来有些气短，需要抬头挺胸深呼吸。

当说到一些比较敏感的事，他停下来深呼吸时会略显痛苦。多奈尔给我简要讲述了他多年在玛瑙斯生活的经历，跳过了一些时间段。如果他一直讲下去，我就不用讲自己的事了。于是每当我注意到他眼神中的好奇，就赶紧提个问题，假装我对他的讲述很感兴趣，想多听听细节。然而，在回避对方好奇心的同时，我走向了他人生中一些不太好的经历。谈话是夺走别人的信仰，是侵犯别人的隐私。为了在打破沉默的同时不吐露自己的秘密，我们聊起了其他人的命运。多奈尔提到了一些已经去世的人，还有离开此地的人：来自葡萄牙米尼奥的邻居一家，来自西西里的两兄弟，我不认识的移民同胞。他激动地记起了哈基姆伯伯。我们当时确信他正在返回玛瑙斯的路途中。但激动只是一瞬间,他的脸上已没有了昔日的笑容。多奈尔似乎对一切都失去了兴趣,漠不关心,这体现在他不断重复的几个动作之中:摘下眼镜,擦汗,戴上眼镜,挺胸抬头,深呼吸。

他把手伸进皮包里摸索,那更像是个装满了他人生所有珍宝与不幸的大包袱。多奈尔从本子和书籍中间掏出一张白纸和一支辉柏嘉牌铅笔。我看着他从纸的中心位置开始书写,一直写到最边上。他把我之前背诵的两句德语诗写了下来。然后,他开始在纸上写葡语单词,看起来像灰色的星星点缀着微小的天空,形成一张词语的网,时而没了痕迹,因为笔尖极细,有些笔画没有显出颜色。突然笔尖一斜,笔芯与白纸的摩擦加大,留下灰色或更深的痕迹,不可见的笔迹突然过渡到可读。

所有笔迹都集中在一个有限区域内,占据了这张纸的一半,就好像潦草的书写给自己限定了一个范围。在这其中,重新排序的单词、顺序颠倒的句子和修改过的词句如同烟花一般在纸上绽放,直到多奈尔抬起手,把笔放到地上。

多奈尔盯着纸上的字看了好一会儿,才把纸递给我,假装严肃实则打趣地叮嘱我在背诵诗歌时要找到恰当的语气和节奏。我看着纸上的字，试图找到这一最终翻译版本的阅读顺序，多奈尔则点了一支烟，凝视着火光点点的烛台。我把纸收起来，对他说无需再添加或删减什么，还说我在知晓了德语诗句的意思后感到有点奇怪。毕竟那么多年过去了，那两句诗对我而言突然不再只是看不懂的文字和有意思的发音。从此以后，每当我背诵出它们，脑中都会浮现多奈尔在纸上写出的葡语翻译，还有他画出的一个图案。那是一颗彗星，拖着尾巴划过白纸。多奈尔的眼睛仍然注视着圣徒像和蜡烛，他说：

"这图案能让人想到翻译：彗星的尾巴紧跟在彗星身后，在某个不确定的点，尾巴似乎想要独自行动，想脱离彗星，被其他星体吸引，但它总还是紧跟着自己所属的彗星；彗尾和彗星，原作与翻译，尾巴努力追随着头，它们是同一段路径的开始与结束……"

他转头看向我，几乎笑着说道：

"或者是一种进退两难。"

说完这句话，他安静下来，脸上又出现了悲伤的表情，那是一种因身体逐渐衰弱而感到的忧愁。我又一次想起了你，想起了你口中的那个多奈尔，我对那时的他知之甚少。他教你德语，和你谈摄影，还谈到莱比锡、诗人克莱斯特眼中的柏林、战争，还有即便是在玛瑙斯依旧受到迫害和侮辱的德国人。傍晚，你会来音乐学院找我，忍不住要分享听来的故事，你给钢琴老师讲马勒的人生经历，请她弹奏舒伯特的《死亡与少女》。在 D 小调的旋律结束之前，你已经在沙发上睡着了，嘴微微张开，也许你在想"明天多奈尔会给我讲一个女圣人的故事，她在罗马占领时期殉难，葬在匈牙利的一个小教堂里，被发现时，她的遗体完好无损，脸上还带着咽下最后一口气之前的微笑"。圣徒们的生活，大教堂的兴起，德国地理，这些都是多奈尔在地下室潮湿的环境中，站在一张褶皱的德国地图前给你讲授的内容。我感觉，他看向我时，想从我的脸上看到你的影子。他其实希望坐在他身边的是你，你们两人可以聊聊过去，对那个你认为长相最接近上帝的德国作家的诗歌进行一番评论。

　　我开始紧张地看表，然后听到一声钟响，只有一声，指明是下午一点。六十分钟的时间过得如此缓慢，这令我惊讶。时间在玛瑙斯的流逝过于缓慢，此地的生活可以拖拖沓沓，一点都不急。但我莫名的心急,想离开多奈尔,和他单独在一起会揭开我无尽的思念。诗句,悲伤的眼神,还有他的沉默,不都指向了一个不在场的人吗?我感觉他所说的一切,包括未能说出口的话,都是说给你听的,都朝向过去。

我们走在靠边的过道上,此时已经不再有雨声。多奈尔突然开口,打破了沉默。"小心点,不要踩到上帝的奴仆。"他看着地面说,并没有停下脚步。多奈尔的视线习惯了黑暗,能看清沉睡的灵魂,它们聚集在墙角,隐藏在神龛的阴影下。我跟在他身后,像个梦游的人,思绪杂乱无章。我想到你对这片土地的抗拒。你勇敢地决定长久离开这里,就好像距离能让人忘掉一切,驱除恐惧。我也想到多奈尔,他在这座城市的生活如同苦行修炼,坚持给并不存在的听众讲哲学课,被兰花、多叶草和两性花的香气所迷惑。他与书籍和植物共同生活多年,能说出三千多种植物的名字。我不知道孤独是否对他造成了伤害,也不知道他决定留在此地、过着只与自己对话的生活是否有什么隐情。

在你的描述中,多奈尔是个"神秘人物",是"偶然出现在两条大河交汇处的神秘溺水者,是夜间某一时刻悄然出现在叶子上的一滴露水"。你总是喜欢对世界和人进行虚构,展开幻想,在你位于蒙塞尼路的住处,又或是在巴塞罗那"唐人街"错综复杂的小路上,以此证明距离是对抗真实与可见世界的解药。我则正相反,我永远也逃不开现实。被现实裹挟的我被困在地狱的四壁之中。

我和多奈尔告别,知道再也不会见到他了。我快步往回走,碰上了很多人,有卖水果的小贩,也有童年时的朋友,所有人都想知道你在哪里。我应该对这群人说什么?说你的信会在欧洲季节变换的时候到来?告诉他们你对高迪过分痴迷,为圣家族大教堂写了首诗?向他们描绘欧洽塔饮料奇怪的味道或是你在滨海略雷特度过的那个黄昏?

最简单的做法就是告诉他们你正在回来的路上,或者说你总有一天会回来,如此我便能够借口有急事而迅速离开。我没有在众人面前掩饰从远方回到这里的疲惫与兴奋。令我心烦的是,我边走边不由自主地看表,即便我自己都觉得没什么理由,也没有必要一直看。

也许我是想推迟与埃米莉的相见,想远离那栋房子或我们的童年时光,才会不自觉地又在市中心绕了一圈,其实从教堂出来后就有一条路直达那栋二层小楼。我加快了脚步,不是为了早些到达,而是为了躲避聚集在路边和家门口的人群。

我在人群中看到印吉艾,她一身黑衣,鬈发披散在肩上,张开双臂朝我跑了过来,嘴里喊着些我听不懂的话。印吉艾满脸泪水,目光炽热如火。她绝望的表情像是在让我不要进埃米莉家、远离那里,因为一切为时已晚。印吉艾搂着我,肥胖的身体靠在我身上。我们就这样站在那栋房子对面的路边,她为刚刚失去了相识半个世纪的好友而哭泣。我听着她的哭声和剧烈的心跳,不知道自己是如何保持冷静的。我们就这样在太阳下站了一会儿,然后我回到家里,遇到女佣,她的脸哭肿了,结结巴巴地说出破碎的句子:你妈妈,你奶奶……

在花园中央,女佣的孩子坐在秋千上与布娃娃互相看着。秋千被时间的手抚摸,已经变了颜色。我上楼回到房间,想着印吉艾的举动,她不想让我进入那栋正在哀悼的房子。但当大门外众人被好奇与痛苦笼罩、那么多双眼睛在死亡面前失去了光彩,进不进去又有何不同?

  我因为没能见到埃米莉最后一面而痛苦,不得不接受再也见不到她的现实。是我多次推迟了行程,掉入日常生活的陷阱,每到一年结束的时候就会想:是时候回去看她了,平息内心的这份焦灼,像过去一样被她抱着睡在吊床里。在她生前最后这几年里,我没有她的消息,但我知道印吉艾关注着埃米莉的生活。在最后一个孩子也从那栋房子搬走后,埃米莉决定一个人生活,她甚至请求过去也住在那里的安娜斯塔西娅·索克罗帮她做出这一决定。洗衣妇回内陆地区生活了,但会在每年埃米莉生日的时候回来,和为此团聚的全家人一起吃午饭。埃米莉习惯对印吉艾说这样一句话:"孤独与衰老在人生将要走到尽头时相互支撑,一个孤独的老人可以逃到对过去的记忆中,那里十分广阔,常常令人感到满足。"

  每个房间都很整洁,每张木床上都盖着丝质床罩。吊床如对角线一般将卧室空间一分为二。伊斯法罕地毯令客厅显得更加华丽,黑色摆钟就在客厅里。埃米莉期望着某天会有人从远方归来,与她一起分担她的孤独。

据印吉艾说，埃米莉预感到我要回来，总是提起咱们两个。她提到你时会说："我亲爱的宝贝越过大海到另一个大洲去生活，是为了有一天能够回到这里。"她有时自言自语，说些奇怪的话，甚至和动物聊天。最近一段时间，埃米莉会在半夜醒来，打开窗子，眺望着并不真实存在的景色：一座座村落点缀着遥远国度的山脉。某个清晨，印吉艾走进厨房，看到餐桌上摆满了美食，都是埃米莉在夜里准备的。她以为埃米莉要在那天举行家庭聚餐，把儿孙们都聚起来，然而对方告诉她，那些美食只是为了致敬远方的亲人。"我闻到了大海和无花果的味道，猜测可能是那里的亲人们在召唤我。"

埃米莉偶尔心血来潮，把安娜斯塔西娅的教子伊思佩迪托叫到家里，让他把堆在小储藏室里的礼物全都搬出来。她不停用布擦拭那些物品，又用手指抚摸。然后让伊思佩迪托大声念出写在上面的名字和来源。其实，直到她去世的这个周五，仍有些熟人会去拜访她。这天上午到家里来的人们发现了埃米莉的异样，把消息传了出去，让它像暴雨一样散开。

每天早上七点，印吉艾都会去找埃米莉。这天早上，她和我一样觉得很奇怪,房子过于安静,动物都不作声,房门都上了锁。印吉艾总是随身带着祈祷用的念珠和这栋二层小楼的钥匙。她从院墙侧门进入,还没走到后院就感觉到了死亡的气息。"孩子,我跟你说,我走进后院的时候,那些个动物没有任何反应。"印吉艾说。仿佛所有眼睛都在猛烈的悲伤之中汇聚成一双。印吉艾发现地面上有一摊比周围更深的红色,尖叫起来。那团红色还在蔓延,就在喷水池的一个天使雕像脚边。印吉艾抬头看着二楼紧闭的窗户,大声喊着埃米莉的名字,然后她才注意到地上有两道近乎平行的红痕,发现乌龟萨鲁阿靠在餐厅的门边。它是家里唯一看起来还活着的动物,龟壳上都是红点,来自于散在餐厅地面上的发黑的血污,跟随着这些痕迹,印吉艾穿过走廊,来到放电话的地方。毫无生气的埃米莉出现在她眼前。埃米莉一动不动,几乎没了气儿,电话线堆在她脖颈处,缠在头发里。她右手握着电话,左手盖在眼睛上。我惊恐地想起早上离开住处时曾听到电话响了两三声。也许那是埃米莉最后的呼救,是她找我告别的方式。

面对死亡,我感到惊恐与痛苦,房子像是被飓风席卷而过,家族的中心发生了地震。在仿佛置身时间之外的这个上午，在荒废的房子里，她不知该求救于谁。祈祷与忏悔混在一起，好像能够将死亡留下的空缺感驱逐。紧张又激动的印吉艾在房子里走来走去，大声喊着她认识的所有人的名字。她摇摇晃晃地走上楼，打开一扇扇房门，完全忘记了埃米莉独自一人生活在这里，忘记了每天早晨都去看望埃米莉的人只有她。印吉艾以同样不稳的步伐下楼，颤抖的双手用了好一会儿才解下缠在埃米莉头发里上的电话线。她把埃米莉拖到客厅里，平放在沙发上，拿了一个靠垫放到满是血污的脑袋底下。整个过程中，印吉艾都在嘟囔着什么。她回到电话旁边时，脸和双手都沾上了血迹，她看到有张纸上写着埃米莉经常拨打的几个电话号码。她先给赫克托·多拉杜医生打电话，但对方没细听她说什么，以为是哪个孩子打过去搞恶作剧，又或是什么精神不正常的女人。于是印吉艾又打给埃米利奥舅爷，他立刻认出了她的声音，也听懂了她在说什么。实际上，印吉艾一直在说阿拉伯语，给医生打电话的时候也是如此。她太过紧张，完全慌了神，在电话里一直说着祈祷文，手上拨动着念珠。埃米利奥舅爷对祈祷

| 第六章 |

文比较熟悉，但一大早听到有人在电话里祈祷还是很奇怪的。他不得不变了个声音才终于打断了印吉艾的祈祷，从她那里得到了消息。从那之后，电话铃声不断。人们忘了清除地上的血迹，直到雅思米妮来了，她肩负起了接打电话的任务。

埃米利奥舅爷比医生先一步赶到，身边跟着两个仁慈堂的修女。他们对埃米莉进行急救，但无济于事。你应该还记得那些修女，她们偶尔会在九日敬礼后来家里。有一次，你想把挂在她们胸前的十字架当成玩具或宝剑玩耍，受到了埃米莉的斥责。她们想把埃米莉送去医院，但赫克托看过她头上的伤口、量过她的血压之后，把脸埋进了靠垫，挨着埃米莉的脑袋。

"他这样做是为了不当着别人的面掉眼泪。"印吉艾说。

赫克托医生是唯一守在埃米莉身边的人。随后，埃米莉的两个儿子回来了，带着他们的妻子和孩子。两个男人从沙发前走过，就像缓慢地跨过一座桥，他们害怕地观察着靠垫上那张面孔，那是他们一直假装怨恨的人，如今那人再也不会用热切、和善的眼神望向他们了。这一刻，紧张与痛苦交织，面对着母亲毫无生气的身体，儿子们开始感觉到自己的衰老。他们静静看了一会儿沙发上的母亲，然后丢下家人，跑到房后的院子里。在那里，在植物的遮挡之下，他们可以尽情哭泣而不被别人看到。他们一方面是为埃米莉的去世而哭，另一方面是因为终于意识到自己的人生碌碌无为，一直以来都要依靠这个令人痛苦的女人。他们只在需要母亲安慰时才会回来看她。印吉艾知道这些，因为她是埃米莉少有的真心信任的人，如果不是唯一，也是其中之一。她很久以前就对这个家的事情了如指掌，远在埃米莉的孩子们纷纷离开家之前。

到了晚上，我见到了哈基姆伯伯，明白了印吉艾身上的味道给他留下了多么深刻的印象。那味道从她的每一个毛孔散发出来，而她似乎想借此来封存回忆。我不知该如何形容那股味道，它环绕在印吉艾的身体周围，始终不散，就像我和多奈尔避雨的教堂里那股蜡烛熔化的味道一样挥之不去。她与这奇怪的味道共处了很多年。这味道总能宣告她的到来，就如同脚步声，通知我们它的主人随时可能出现。

我与印吉艾再次见面的时候，给我留下深刻印象的不只是她身上的气味。她穿着黑裙子，声音颤抖，双手揪着头发，紧闭的嘴唇像是被吃了进去,这样的沉默时刻也是哀悼的一部分。这是她对好友离世的反应,她努力让自己不被这件事击倒。我没去给埃米莉守夜,印吉艾向我讲述了当时的一些场景和对话,她的声音沙哑,手上动作很多,每当讲到眼眶泛红,她就会从椅子上起身,拥抱并亲吻我。那是周日的早晨,她眼中的火焰仍未平息,散乱的黄色头发似乎在她脸上印下了近乎绝望的悲伤。

第七章

不只是朋友们，一些好奇之人也来找我聊天，他们知道我就像埃米莉的亲姐妹一样。有人送来花束，散发着预示死亡的芬芳，毕竟躺在沙发上的埃米莉还有一口气，像一个活死人，但就快要不行了。白花和绿叶，悼念的电话和留言，这一切仿佛已经把坟墓搬进了家门。还有一点令我感到不适：那两个放肆无礼的人。他们不和我说话，都没有碰一下埃米莉，就好像躺在那里的是一座雕像。我记得他俩年少时和所有人都过不去，被这里的每一所学校开除，被神父们惩罚过许多次。那是很严苛的惩罚：在正午时分的大太阳下跪在一堆玉米上，直到夜晚的第一颗星星出现。埃米莉从未失去耐心，忍受着这两个孩子的恶行。这与她的丈夫截然相反，他曾把两个儿子捆在客厅的桌子上，让他们像没有主人的牲口一样，直到埃米莉说服丈夫把人放开。她总会原谅那两个被捆起来挨饿的孩子，到客厅去看他们，祈求上帝的帮助，仿佛她才是儿子们叛逆、怨恨和不守规矩的原因。那两个人不理睬我，也许是因为我和萨玛拉是朋友，萨玛拉在她父亲眼里是一朵稀有的花，他宠爱女儿但不自知，或者至少没让其他人看出来。不知道那两个人的嫉妒、怨恨、暴力和不良行为到底从何而来。他们约定好要与姐姐对着干。明明埃米莉从索拉娅出生起就请求他们放过萨玛拉，在小女孩死后更是再次求他们不要迫害她，不要把她当成应该被判死刑的最危险的犯人。他们两个也不接受父亲的请求。埃米莉的丈夫曾把家里的男人召集起来，让唯一一个会阿拉伯语的儿子大声翻译出《古兰经》里关于女人的一些段落，想让在座的所有人都明白真主的意思，至仁至慈，要时刻心存原谅与仁慈。他承认自己没能在女儿的成长过程中做出好榜样，但犯了错的女人可以忏悔，只要她避开所有人的视线，独自在没有光的房间里冥想五天五夜。经过这次家庭会议，那两个人还是无法容忍姐姐，反而开始蔑视他们的父亲，他竟然通过一段宗教文字去原谅那不可原谅之事。他们一直折磨着姐姐，不让她回家，发誓说如果她胆敢出现在家门口或是签名时写出家族姓氏，他们就大闹一场。

直到最近，那两个人还像饥饿的野兽一样在路上寻找萨玛拉新的藏身之地。他们已经知道她之前一直住在"巴黎人"，但你爷爷还活着的时候，他们不敢去骚扰她，如果他们真敢到店里去威胁她，你爷爷就会把他们吊起来打。老头子尽力保护着女儿，他死的时候似乎更担心女儿，而不是妻子。据说他会带花去"巴黎人"，还在那个院子里种了几棵果树。一天早晨，天还没亮，你爷爷去市场买了鱼、蔬菜和水果，请埃米莉一起到"巴黎人"吃午饭。埃米莉简直不敢相信，她说："如果不是因为他只是老了，人变弱了，我就可以宣布说这世界上没有谁是无法改变的。"然而，这世界上至少有两个人无法改变，那两个儿子提到姐姐时还是会辱骂她。他们为何如此？因为无论是在街上、俱乐部,还是在酒吧里,都有欲言又止或充满询问的目光追着他们,那些人想知道真实的情况,想知道细节,不满足于口口相传的版本,那里面充满了不一致的假设。你爷爷去世后,这两个人更加过分,他们会给萨玛拉寄恐吓信,半夜打电话过去骂她。有一次,他们花钱雇了几个孩子向萨玛拉卧室的天窗丢石头。

他们没有出手打过萨玛拉,完全是因为埃米莉掌管着"巴黎人"的财务,把钱都放在一个保险箱里,密码只有她一个人知道。正是这个保险箱支撑着你两个叔叔的家庭。在气氛紧张的生死关头,也是这个保险箱的密码能够控制住那两个人对萨玛拉的愤怒。埃米莉一个人生活,没有了丈夫,没有佣人,只有一群动物、喷水池的雕像和花花草草,她谢绝了出于担心而想要每天前来拜访的邻居,也谢绝了指挥官想让闲在家里的一个法国女家教陪伴她的这份好意。埃米莉最担心的不是独自死去,而是保险箱的密码,因为一旦她死了,那两个儿子肯定会霸占房子和"巴黎人",把一无所有的萨玛拉赶出去。于是她把密码告诉了我,我相信她只告诉了我一个人。埃米莉意识到丈夫时日无多后,就把保险箱转移到了一个不会引起怀疑的地方。一个周日晚上,她拉着我的手臂说:"你跟我来。"埃米莉手里提着煤油灯,但没有点燃,以免吵醒动物。我俩蹑手蹑脚地摸黑穿过后院。到了鸡舍,她掏出一把钥匙开门。母鸡一动不动,像是已经习惯了你奶奶夜间到访,埃米莉走到鸡笼的最后一排,那里有养鸽子的架子,她蹲下身,用手抚摸着潮湿发臭的地面,然后才终于把煤油灯点亮。鸽子架上倒扣着一个瓢。埃米莉把瓢拿起来说:"钥匙在这里。"她用其中一把钥匙打开一扇木门,一个大金属柜出现我们面前,绿色的柜门上有一个五位的字母密码锁和一个四位的数字密码锁。埃米莉转动着密码,最终出现的字母组合是 AMLAS,数字是 1881,她扭动钥匙,按下把手,打开了柜门,照亮内部。"这些都是我的财富。"埃米莉感叹道。她抚摸着一本圣经,一本相册和许多信件。"巴黎人"的营收保存在几个金属小抽屉里,萨玛拉会在每个周末把钱交给她。所有东西都堆在保险柜里,但煤油灯的光亮配合着埃米莉的声音使一切变得明朗:这些相册里面是孩子们小时候的照片,那边的几张照片是我来巴西的路上在塞浦路斯和马赛拍的,那几个小盒子里装着维吉妮修女寄来的信。在一本《旧约圣经》的书页中,她珍藏着一朵干枯的兰花,那是一个抱恙的穷人在埃米尔失踪那天送给她的。为了感谢他的馈赠,埃米莉把当时手边能拿到的东西都送给了这个病人:一只羊、一袋面粉、一罐橄榄油、两只鸽子,并建议他去找神父或上帝的祭司治疗病症。就像夹在书页里的一张结婚照一样,兰花的花瓣已经泛黄,埃米莉颤抖的手把它拿了出来。接着,她展示了我们家乡的一些首饰,她在聚会或者和丈夫缓和关系的时候会佩戴。我注意到她皱起眉,也许是想起了房间里行将就木的丈夫,但她并未因此而落泪。我曾经问她是否会通过哭泣来缓解生活的辛酸,埃米莉回答说只有死亡才能让人真正解脱:"身体和心灵将同享永恒的安宁。"你奶奶继续展示一件件旧物,我心里有点着急,因为你爷爷正独自一人在房间里痛苦呻吟,他已经不认识人了,如他所渴望的那样走到了生命的尽头;他想与自己独处,没有见证者,远离一切:仇恨、嫉妒、希望和恐惧。埃米莉感觉到我的急躁,把所有东西放回原位,关上保险柜,让我尝试把它打开。我的第三次尝试成功了。我们回到房子里，一路上依旧小心翼翼，不想吓到动物。在餐厅里，她把藏鸡舍钥匙的位置告诉了我：一个闲置的陶瓷过滤杯，就和以前英国水手们卖的那些一样。埃米莉给我倒了一杯大蒜水，她自己喝了一整壶，然后就上楼回到丈夫身边去祈祷了。后来并没有出现需要我去打开保险柜的情况，因为埃米莉担心的事并未发生，你那两个叔叔并没有驱赶萨玛拉·黛莉娅。实际发生的情况令你奶奶始料未及。埃米莉失去丈夫后，她的女儿接管了"巴黎人"，在没有任何人帮助的情况下使营业额突飞猛进。几年之后，埃米莉打趣地说：

"我们在五年里赚到了之前五十年都赚不到的钱。我丈夫更适合站在清真寺的尖塔上呐喊，而不是一语不发地坐在柜台后面。"

无论好坏，两个女人的生活就这样继续着：埃米莉待在家里，有动物作伴，偶尔会有人来拜访，每个月才和子女聚一次，或者比这个频率还低。萨玛拉·黛莉娅在"巴黎人"工作，吃住都在那里，每周去见一次母亲，但总是保持着沉默，不知在想什么。萨玛拉总是打扮得很漂亮，时间与哀悼让她变得比以前更美。我最后一次见到她的时候,她穿了一身黑色。那是一个周日的上午,在埃米莉家,一些邻居聚在一起,围着喷水池聊天。埃米莉决定打开鸟笼,把鸟儿全部放生,她坚信这一举动能给她带来活力,让她能够平静地生活。"从今以后,这家里的动物都是自由的。"埃米莉高声说道。她希望周围的人都能听见。然而,有几只鸟依旧待在敞开的笼子里,等着稗子、香蕉和每个早晨都会出现在它们面前、模仿鸟叫的人。埃米莉没有驱赶这几只鸟,只是说:"它们已经是我的一部分了,以后会和我一起飞走。"萨玛拉会帮她母亲打扫鸟笼,给鱼和鳄鱼喂小面包和剩饭,拿着装有格尼帕花蜜的罐子走到果树边,找寻挂在树上、被叶子遮住的小玻璃瓶。

那天上午,萨玛拉看起来与往常不大一样。她那令人嫉妒的优雅气质令邻居们惊讶地张大了嘴,也令她母亲倍感骄傲。她穿着高跟鞋和透明丝袜,衣领上别着一个甲虫形状的贝母胸针,被意大利草帽帽檐投下的阴影笼罩着。埃米莉觉得女儿的黑色裙子对于周日来说过于严肃,问她是否要去参加圣母教堂十点钟的弥撒。萨玛拉没回答,只是看着母亲笑了笑,转而开始和大家聊天。这令所有人都感到奇怪，因为她平时很少在众人面前开口讲话。萨玛拉语气轻巧地说着这个那个，说到时事，说到"巴黎人"的新顾客，谁赊账谁按时付款。她还提到父亲种下的果树已经开花结果。然后，她向阿尔敏达打听艾斯梅拉达在里约热内卢过得可好，问雅思米妮她丈夫是不是还坚持在这地狱般的气候条件下养蚕，问门塔哈是否依然每个早晨出去抓鸽子然后周末把它们吃掉，然后她看向我，问我是不是还独自一人住在朝向她家后院的那栋老房子里。我回答说那里对于没有家人的单身老太婆来说是个很理想的住处。她笑了笑，把一个封着口的袋子递给你奶奶。我后来得知，袋子里除了钱，还有一本皮质封皮的书，一封信。此外，还有一些埃米莉没向我透露的东西。你奶奶到死都很后悔没有在接过那个袋子时当场把它打开。"当时正好响起了十点的钟声，我不希望萨玛拉因为聊店里的生意而错过弥撒。"埃米莉说。当天晚上，她把袋子拿到保险柜那里。我听到她大喊一声，跑到门廊想看看发生了什么。我看见埃米莉低着头坐在喷水池边，一只手靠在天使雕像的腿上，另一只手抚摸着一只羊的脑袋。院子里的灯亮着，照亮了池塘里的鱼，很多动物在叫，但你奶奶并不在意。我不想叫她，只是猜想她安静地坐在那里的原因。我当时就坐在现在正坐的这把椅子上，偶尔会打瞌睡，每次睁眼都看到埃米莉待在原地。我于是想起了你爷爷的话。那是某个深夜发生的一次对话，被你奶奶打断，她让阿玛杜·蒂法奇讲几句。这人来自北非，到亚马孙旅行，是个诗人，也是多奈尔的朋友。阿玛杜一整晚都在讲述夸张的故事，充满了下流的场景和对话、不知羞耻的情人、放荡的嘴唇。据他说，那嘴唇游走在男人的脸上和女人的小腹上。这个愚蠢的男人居然还敢自称作家和宗教信徒。真的所有人都笑了，女人们笑得更大声，但都十分羞怯，因为他讲述的时候还会用手比划。阿玛杜讲得过于卖力，以至于聚会快结束时，他离开人群，到厨房喝了一壶酸果果汁，又吃了一锅豆角炖肉。天快亮了，埃米莉突然伸手指向喷水池，我们看到阿玛杜站在那里一动不动，一身白衣令他看起来像是一座石膏像。就在这个时候，你爷爷说："当一个人长时间没有开口说话，那他不是睡着了就是在思考爱或死亡。"

埃米莉肯定没有睡觉。第二天早上，我才得知发生了什么。

我记得萨玛拉·黛莉娅那天告别的时候表现得很平常,说了一句"再见",消失在院子侧面的走廊尽头,留下我们一群人分享着惊讶与不解。那一刻,我想所有人都想就她突如其来的变化说点什么,但我们都保持着沉默,不知为何,没人能说得出口。埃米莉盯着有鸟的笼子看,门塔哈为缓解偏头疼而按摩着太阳穴,雅思米妮闭着眼呼吸着清晨的空气,阿尔敏达笑着看向手中的手绢,她正把丈夫的名字首字母绣在上面。我想着萨玛拉。事情发生后,人们为没能感知到那些不可预测、始料未及的事而遗憾。哪怕能有一点点预感来阻止不想看到的事情发生也好。周一早晨我去找埃米莉,看到她紧张又着急的样子,我知道不幸的事已经发生了。那个袋子里的某些东西让她明白萨玛拉离开了,失去了踪迹。埃米莉在前一天晚上就知道了这一事实。很多顾客打电话到"巴黎人",想知道店铺为什么锁着门。埃米莉来到店里,看到一切都井井有条,女儿的卧室只是少了衣服和索拉娅的照片。一周之内,"巴黎人"就被租出去了,里面的商品都卖给了租户。埃米莉从储藏室拿走了一些布料、两三盒花环和新娘头纱。她曾说有些商品会随着时间流逝而赢得店主人的喜爱,因此店里那些由西班牙艺术家亲手绘制的扇子始终没有摆上货架。那些扇子和她在新婚之夜从丈夫那里收到的一模一样。埃米莉在房间里摆满了能够纪念她人生某一阶段的物品,决定在女儿重新出现之前再也不到"巴黎人"去。即便如此,她不仅没有去找寻女儿的下落,而且拒绝了其他想要帮她寻找萨玛拉的人,特别是萨玛拉的伯伯埃米利奥,他说他可以帮埃米莉找遍全城、找遍全世界,但埃米莉提醒他说他上一次去找的人最终以悲剧结尾:如果当年埃米尔和那个妓女一起留在马赛,也许他现在还活着。她给这件事画上句号,说满城去找萨玛拉也无济于事,因为她的女儿是个固执、坚定、骄傲的人。

"也许这样一来她能变得幸福一点,匿名生活在某个陌生的城市,那里没人知道她的过去。"埃米莉说。

在人生的最后几年里,埃米莉没少受罪,她从不在谈话中提起家庭的不幸。埃米莉尽量给自己找事做,看哪里需要修修补补,给花园修剪草坪,给葡萄藤和果树剪枝,把每一个房间的玻璃和镜子都擦得锃亮。一天早晨,我看到她坐在池塘边,用钢丝球擦拭萨鲁阿的龟壳，又把蜂蜡填入龟壳上的裂缝和漏洞，这些痕迹既来自乌龟和其他动物的冲突，也来自埃米莉子孙的玩闹。埃米莉用法兰绒布沾着树脂给龟壳抛光，最后把乌龟放回池塘边的小沙滩上。她感叹道："萨鲁阿是我的一面活镜子。"埃米莉还给自己虚构出很多病症，早上发病，晚上就好。有两年她过得疑神疑鬼，感觉右脚上的一个鸡眼对她构成了威胁，害怕感染会让她失去一只脚，再也不能绕着院子散步。她每天从早上五点到晚上睡觉前一直在院子里溜达。从去年开始，不知为什么，埃米莉突然坚信女儿是否会回来与两个儿子的态度有关。她想让那两个人公开声明，发誓说他们会与萨玛拉·黛莉娅和解。我和埃米利奥成功地劝说她打消了这个源于绝望和失控的念头。那样做并不合适。即便如此，她仍然想要努力说服那两个人与他们的姐姐和解。埃米莉分别与两个儿子谈话，告诉他们仇恨会吞噬一个人，她说生命就快到尽头，依旧不理解为什么他们要恨萨玛拉，为什么这份恨意能够如此持久。你的两个叔叔根本听不进去母亲的话，其中一人脱口而出的一句话令你奶奶在最后的日子里都不得安宁："那个妓女是您生出来的,您应该恨自己,应该比任何人都明白这份恨意。"

埃米莉听到这句话后,表现得无动于衷,只是双眼一直盯着儿子的眼睛。你叔叔坐在客厅里,背对着墙上的黑色摆钟,埃米莉一直盯着他,让他感到有些惊讶,又有些窘迫,于是他从沙发上起身离开了,就像是想要逃离威胁或避免不适。最令我感到奇怪的是,整个过程中埃米莉没有眨过眼,她那看向某人却又像是什么都没看的空洞眼神令我感到恐惧。我朝她走去,她也没有反应,就好像我只是一个从镜子前掠过的影子,好像我还站在外面、偷偷观察着屋里的情况。直到我坐在她对面,埃米莉才发现我,她没有移开视线,只是含混地说:"我挺好的,一个人生活。"这件事发生在星期五,在埃米莉去世的一周前。这是她生前最后一次见到那个儿子。接下来的一周里,她很少睡觉,即便如此,还是做了不少梦。

"我睡觉是为了做梦。"她上周日说道。当时她正在整理照片和信件,不停翻动着一个大木箱里发了霉的各种东西。在那最后几天里,我们偶尔会坐在院子里聊天。她记起一株植物的名字:"那是安娜斯塔西娅种下的,那边的爬藤草是之前一个女佣送的,后来她逃跑了,因为害怕我的儿子们。"然后埃米莉提起了你伯伯哈基姆,说他应该已经是个成熟男人了,自己却不知道他如今的长相。哈基姆二十岁出头就离开了玛瑙斯。多年来,埃米莉给他寄去照片和信件,但这一切都比不过短暂的对视一眼。她给我看了一张哈基姆以前的照片,问我:"长得和埃米尔很像吧?"她有些悲伤地回答了自己的提问:"他们俩就像是同一条珍珠项链上的两颗珍珠。"埃米莉没抱怨说累,但我看到了她的黑眼圈,她脸上的光彩逐渐消失。那几天里,你奶奶干了很多活。到了夜里,几乎每一次钟响的时候她都还醒着。接连数日的失眠让她整个人变得很混乱。

在最后的三天里,周二到周四,埃米莉向我讲述了她的梦,埃米尔和哈基姆总出现在她的梦里。你奶奶让我读哈基姆寄来的信,她捧着相册,边听边看他们的照片。她英年早逝的哥哥和她在南方生活的儿子长得特别像,把两个人的照片放在一起看,那相似程度令人惊讶:两人有着一模一样的笑容。埃米莉反复说道:"好多次我都梦到我们三个人坐在一条船里,船顺流而下,驶向大海。"几乎所有的梦境都在重复,她凝视着照片对我说:"印吉艾,读一下哈基姆的信。"星期四,她看起来精神不错,在家里走来走去,绕着喷水池散步,停下来看鱼。埃米莉表情平和,似乎与什么达成了和解。她保持沉默,戴在左手上的四个金手镯叮当作响,那是她身上发出的唯一响动。房子里一切井井有条,没有一件东西不在它该在的位置。

第八章

印吉艾突然停止讲述，眼中流露出悲伤。她坐在自家的门廊下，凝视着莲雾树的树冠和二层小楼始终紧闭的窗户。她的眼神缩短了两栋房子之间的距离，在眼神的沉默中，记忆在运转。印吉艾不再做手势，也不再起身拥抱我，只是默默地流着泪。沉默的泪水与另一个院子里沉默的风景对话。那栋房子没有人住，很快院子里的石板路就会被青苔覆盖，总有一天爬藤草会爬到篱笆上，爬上二楼，爬到所有能射入阳光、也能让人感知黑夜到来的窗子上。印吉艾仿佛正与浓稠如黑夜的某种情绪进行无声的对话,与被丢弃在黑暗中的物品对话,与曾回荡在那栋房子里的缓慢脚步声对话。她的视线扫过对面的院子、喷水池、花花草草和那些一听到埃米莉的声音就活跃起来的动物。

时间临近正午,印吉艾没有再说什么,谈话到了尾声。也许印吉艾仍然沉浸在对埃米莉的回忆之中,想象着她在房子里感受到的孤独。记忆中有太多真实事件可以被忘记,又有太多虚构故事可以被描绘成真实。有时,我想象着印吉艾独自一人徘徊在死亡与回忆的模糊界线之间;有时,我想象她沉默地凝视着被框住的风景:从她家门廊的位置只能看到埃米莉院子里一半的树和房子的一部分。

那个周五下午,雅思米妮打电话通知我家里的亲戚都聚在那栋房子里,哈基姆伯伯随时可能到达玛瑙斯港口,埃米利奥舅爷安排好了他妹妹下葬的事。这些消息听起来就像一道命令,要求我出席埃米莉的告别仪式。告别弥撒由玛瑙斯的大主教主持,埃米莉的遗体要在现场停放,下午三点弥撒结束后,会供应咖啡。我想等仪式快结束的时候再去，在无聊的告别环节之后，但还要能赶上送葬。埃米莉的儿子们随灵车先行出发，她的三个女性朋友租了几辆车，送一些经常来访的熟人去墓地。都是些埃米莉曾经帮助过的穷人，她把剩菜剩饭和旧衣服送给他们，还把他们介绍到一些人家里工作，又或者只是给那些多日没吃上饭的人一顿饱饭。有些没工作的人在附近转悠，闯入没人居住的房子偷拿东西，被士兵或周围邻居抓到后，他们会给埃米莉写信，表示自己十分后悔并请求她帮忙，那些文字令埃米莉感动不已，以至于她亲自去到兵营，说服当日值班的长官释放被逮捕的人，说他们也是上帝的孩子，不是野狗。她会语气激动地说一大通，虽然不能都听清，但确实成功帮那些人免除了牢狱之苦。然后，她会当着所有人的面训斥他们，对他们进行说教，就像母亲管教叛逆的孩子。

还有一些随行者是指挥官和艾斯梅拉达的亲戚，后者在丈夫去世后就离开了玛瑙斯。这些亲戚里，女人们仍在为艾斯梅拉达的丈夫服丧，戴着黑色面纱，如今她们头上的面纱又指示着埃米莉的死亡，这也令她们想起其他人的死亡，发生在此地或者在海的另一边她们的故乡。一个朋友的去世能激起我们对所有共同生活过的人的无尽回忆。也许正因如此,我们分不清目前所感受到的沉重的痛苦是源于刚刚失去了某人,还是源于曾经失去了某人,以至于脑海中浮现出其他葬礼的画面,扩大了悲伤。从广场到墓地的途中,我观察着车窗外的行人,男女老少都带着同样的表情,仿佛时间把他们变成了同样的人。我没有下车,就这样待在葬礼的外围。那个令人疲惫的下午结束在埃米莉家里,我们见到了哈基姆,他独自站在莲雾树下,一动不动。

第二天,我才真正走进了墓地。我遇到了阿达莫尔·皮埃达吉。他像从前一样安静。静谧的气氛笼罩着肃穆的周六上午,天气不热,也没下雨,既没有欢笑,也没有悲叹。他很快就认出我,毕竟前一天他就曾远远地朝我挥手。有人告诉他我是索拉娅·安吉拉的表姐,是当年那个因为一个孩子的死亡而哭泣的另一个孩子。我们在杧果树的树荫下聊了会天,你曾经在这里捡过杧果。阿达莫尔讲了讲他的生活,他一辈子都在墓地干挖坑的活。他提到去世的几个有名人物和潦草下葬的无名小卒,后者的坟墓没有天使像，也没人为他们歌唱。他抱怨说总是偏头疼，后背疼，年轻时还不觉得怎样，现在特别容易疲劳，这是日复一日做单调体力活的结果。这个已经埋过成百上千个死人的人如何看待死亡？他说明显能感觉出这个城市近些年不断扩张，因为工作多到简直要累死他。

"以前那个时候，"他回忆道，"死个人不像现在这么平常，埋葬一个人是件很特别的事。有人出生，会欢天喜地地庆祝；有人永远闭上了双眼，他的后事会充满仪式感，带着一份优雅。这片广阔的大理石海洋始终陪伴着我，来到这里的活人一般不说话，只是哭。我已经习惯了有这些沉默的邻居在身边……"

然而，那天一大早，阿达莫尔听到墓地里传来一个很严肃的声音，不高不低，像是在唱歌，又像是在哀悼。有时这声音会突然停止，给短暂的安宁让路。"我习惯了听各种各样的祷告，但那与其他的祷告都不一样。"阿达莫尔朝着声音传来的方向走去，在我家的墓地里看到一个人影。吸引他注意的不只是那听起来有点奇怪的歌谣，还有那人的姿势：不是跪着，也不是躺着，而是类似于半蹲，双臂举起朝向正在升起的太阳。

"我就在边上偷偷看着他，"阿达莫尔说，"等着阳光照亮他的脸，好看看那人到底是谁，但很快就看不见了，因为他变换了姿势，头贴着地面，面容消失在朦胧的天光里。我后来才知道，那个声音不是从你伯伯哈基姆嘴里发出来的，而是源于一个黑色的东西：放在你爷爷墓上的一个黑匣子。我从那座墓旁经过时，抬手画了个十字，很多人从坟墓旁经过时都会这样做，然而，令所有人惊讶的是，那座墓没有十字型墓碑，没有花环，没有圣徒像，没有任何迹象能表明死者是基督徒。然后我看到你伯伯背对着墓地嘟囔着什么。"

阿达莫尔想要知道为什么，想问太多个为什么。那祷告、半蹲的姿势和带有金属感的声音在同一时间便完成了说话、唱歌和祈祷。我难以相信一个身在玛瑙斯的人会仿若置身于麦加，就好像信仰的空间如宇宙般浩瀚，一个人只需躬身在神庙、神谕或神像前，所有地理限制就都消失了，或者转变为他们心间的黑石[1]。

我记得你在倒数第二封信中说想知道我何时会离开诊所，

---

1 黑石：伊斯兰教圣迹。

你"不想冒然询问",却问了我很多问题,甚至开玩笑说:"我可不是在通过书信做调查。"我知道那并不是对我进行调查的信,但你过度的好奇心偶尔会吓到我,以至于让我感到困惑和措手不及。我住在诊所时,都发生了什么?最初的几个星期,我因持久的困意而陷入无梦的黑暗之中。就好像我的双眼被蒙住了,又或是为了抵御母亲的到来而突发失明。她一听说我住院的消息就来了。我应该没见到她,哪怕只是远远看见。但有一天夜里,我看向敞开的房门,看到了一个不确定的轮廓,一个模糊的影子,像是个逃离了光明的人,躲在分隔门内与门外世界的黑暗之中。也许那就是抛弃咱们俩的母亲,我在很久以前听过她的声音,那声音从一个遥远的地方传来,埃米莉打听你我的生活。她的身体和声音离我如此之近,但当我醒来时,一切都消失了,只剩下对一次幻想中的重逢的苍白回忆。我从昏睡中苏醒,进入这个有序、无菌的空间,这里吵闹声不断,噪声源自最近入院的病人,他们将在这里度过既不清醒也没有创造力的一段日子,就像沉睡在海底的人,只能在海洋怪物和有毒的海草旁边呼吸。在泥泞的海床和海面之间,隔着一道深渊。在诊所住了几日后，我开始思考是如何来到这里的，等待朋友把那个令我恐惧但又十分确信的真相告诉我，毕竟我已经非常确定是母亲决定把我送到这里的，在我因为愤怒而爆发之后。我当时失去控制，把住处的所有东西都毁了。我没怎么反抗就来到了诊所，如同盲人或迷茫的孩子被带到一个熟悉的地方。诊所距离市中心有数公里远，孤独和疯狂对我来说都很熟悉。我透过房间的窗子看着远处几座灰色高楼，它们时而消失，时而再出现，我想那也是个充满孤独与疯狂的地方（那里的人们挤在公寓楼或用木板和纸板搭建的住所里）。我在窗前站了许久，看看城市的样貌，又看看诊所的院子，院子里有水泥长椅、草坪和树木。在傍晚到来之前，我会走出房间，观察那些在院子里欣赏黄昏景色的女人，或许她们想要借此从孤独与无助之中短暂解脱出来。她们中的一些人重复着同样的故事，高声讲出自己的回忆，为的是让过去不死，让一切的源头得到救赎。我注意到一个女人，她脱下黑衣服，跑回房间，再出现时依旧穿着黑色的衣服。她朝一棵树走去，靠着树干坐下，一直待在那里，直到融入黑夜。

有些女人会跟着幻想中的音乐起舞。有一个长着一双绿色眼睛的女人,她叫玛利亚·阿莉丝,外号"美女",会慢慢接近不拒绝她的人,从身上掏出一张男人的照片给别人看,带着展示圣徒或殉道者画像般的虔诚。偶尔我会听到喊叫声从院墙的另一边传来,这才知道原来诊所不只有这一个院子。男病人和女病人分别住在两个病区,被坚实、厚重、无法翻越的院墙隔开。玛利亚·阿莉丝盯着照片看了一会儿,然后走到院墙边,尝试抠着墙上的石头往上爬。她因此受到惩罚,被关了一段时间禁闭。楼的另一边是男病人所在的侧翼,那里对我们而言似乎比城市更遥远,更难以到达。诊所的建筑结构从平面图上看就像是一只蝴蝶:身体是病房所在的主楼,脑袋是管理部门所在之处,两翅的位置对称分布着两个院子、两个食堂和两个小花园。花园里有草坪和石子路,树木环绕,尽头是几扇铁门。有时,朋友会来看望我,我给她讲述我的日常生活,我与医生的对话,还有医生对我的评估。每天医生们在观察过我的眼神、举止以及与我交流过的人之后,都会写一份报告。我日常生活的每一个细节都被严格地记录下来。为了找点乐子,扭曲一些事实，也为了给记录制造一点悬疑，我会向医生讲述并没有做过的梦，还会虚构出某些人生经历。我没有虚构父母的情况，只是很少提他们。医生们耐心听我讲述。那是一种冷漠的耐心，不存在真情实感。会见访客通常是在一个白色的房间里，它位于蝴蝶脑袋的位置，所有工作人员都穿着一身白衣，整个房间就像一个住满了死鱼的鱼缸，与热闹的院子形成鲜明对比，院子里的人有真实的情绪和欲望。米丽娅姆给我带来书、信件、针线和一些消息。她说咱们的母亲要去欧洲，经过巴塞罗那时会去看你。我和母亲的关系存在不可调和的分歧。我知道你对这件事不感兴趣。每当我重提此事，你就会说"这是像水晶一样易碎的谈话"。这是灼热如火的事，是魔鬼的谈话，不是吗？我知道你和她一起生活过一段时间，但我很早就离开玛瑙斯了，只在童年见过她一次。埃米莉从未向我隐瞒她的存在。

米丽娅姆不明白为何我不尽早离开诊所。我邀请她到院子里坐坐，她面露难色。我们坐在长椅上，当两个女信徒瞪大眼睛向我们靠近时，米丽娅姆害怕得直发抖。那两个女人在我们面前跪下，手里拿着透明的念珠。米丽娅姆问："是什么吸引你继续留在这里？"我想反问她外面又有什么能吸引我，但最终我只是说我想去旅行。

我待在诊所的那段时间，要么到院子里去和其他人在一起，要么独自待在房间里。房间的窗户朝向两个世界。一个是无序的世界，笼罩在城市的不断扩张和快速发展产生的肮脏空气之下，我失去了在这一世界存活的耐心，身上还留有绝望的伤痕。我努力追求快乐，但快乐总是转瞬即逝，就像蜗牛在沙滩上留下的痕迹，很快就被海水抹去。另一个世界就是距离窗户只有几步之遥的世界。经过了几周的时间，我已经能够闭着眼睛分辨出这里每一个人的声音，想象出那些未曾开口说话的人的动作，背出那些每天祈祷的人的祈祷词。房间是我享受孤独的地方。我在房间里练习刺绣，把一条旧床单裁成小块，绣上人名的首字母或昵称。我在一些布块上绣了简单的图形，为了送给那些不知道名字的人：从来都不看我、也不看别人，都是些从不讲话的人，被排除在对话之外。他们仿佛行走在荒漠之中，没有上帝的指引，也没有绿洲，身后的足迹被风吹散，被死亡的气息清除。在夜晚的某些时刻，尤其是失眠的时候，我会在幻想中旅行，在记忆中旅行。有时我会一遍又一遍地读你寄来的信，有些是很久以前的，那时你还住在马德里，你经常在信中表示我的沉默和许久才回信的行为令你感到难过。在诊所生活的最后一周里，我写下了一个故事，不知道算是短篇小说还是寓言，只是一些不寻求文学类别与形式的文字。我本想找到一个主题来指引叙述的进行，但每一句话所能联想到的事件和画面都不同。在其中一页上，一切混作一团：你信件的片段，我日记的片段，我到达圣保罗时的情形，记忆里的一个梦，一个修女被杀害的案子，市中心的一场暴乱，一场大雨，一朵被孩子的手捏碎的花，一个从未叫出我名字的女人的声音。我想复印一份寄给你，但不知为何，我把原稿撕掉了，用碎纸片做了一幅拼贴画。在字母和单词之间，我贴上了绣着图形的布块：纸与布混合，彩色与黑白混合。对于这个结果，我没有任何不满。完成的拼贴画并不代表着什么，但如果仔细看，它能让人联想到一张不成形的脸。是的，一张不成形或破碎的脸，也许这与我当时突然想要回到玛瑙斯有关。我不想白天到，想在看不见路的夜里回来，就像小鸟躲进树冠的荫蔽处，就像为了躲避天光而跳进记忆海洋的人。从夜间航班上俯瞰，仿佛有一条由故事汇集而成的长河流淌在看不见的城市中。你在丛林上空飞行几个小时，下方一片漆黑，看不到任何生命的迹象。航行进入尾声，突然，地面和水面出现了群星般的点点灯光，就像巨型远洋轮船在大洲之间的海面上亮起的灯光，这提醒着你森林到这里换了名字，之前看不见的河流现在变为一条发光的路，河流的两岸、各条支流甚至森林里都有照明的灯光。于是你想，被同时点亮的城市、河流与森林是无法分割的整体。飞机在赤道上空飞行，将这空间分割为两道发光的圆弧。随着飞行高度下降，视野角度发生变化，你知道现在你与地面的距离已不再是八千米或一万米，但你依然分不清下方被灯光照亮的公路是在水面上还是在树林里：排着队移动的灯光可能是船灯，也可能是车灯。集中在某处的固定灯光则可能是一条路、一个港口、一个广场，又或是水上的一个街区。

我到达那栋陌生的房子门口时，已经过了晚上十一点。我没有通知任何人我将在那天晚上到达玛瑙斯，但我知道，母亲不在家，只有女佣在。这栋房子建在埃米莉住的二层小楼附近。

我走进院子，穿过花园，走到房后，那里有几间小屋，漆黑一片，就只有一盏灯，安在花园里。我不想叫醒女佣，想要在室外过一夜，躺在草坪上或是坐在莲雾树和棕榈树下面的椅子上。我只背了一个双肩包，里面放了几件衣服，一本相册，相册里装着童年时在埃米莉家照的照片。我没忘记带上日记本。在出发前的最后一刻，我决定再带上一台小录音机、磁带，还有你寄来的所有信件。你知道我要来玛瑙斯，求我尽可能记录下一切。"如果有什么不寻常的事情发生，你要记录所有细节，就像一个好记者、一个学习解刨的学生，或者像捕鲸人斯塔布[1]一样。"

你的请求让我费了很大劲。我录了很多盘磁带，写满了数十个本子，但无法把这些记录按顺序整理好。我尝试了很多次，每次都很累，但到最后，每一条记录，每一段陈述都像散落的星星一般没有联系，满是从各个角落发出的声音、事实、过多的日期和数据。每当我得以将那些无序的事件串联起来，把一些声音连接起来，就会出现一个由遗忘或犹疑造成的空白：一

---

[1] 斯塔布：美国作家赫尔曼·梅尔维尔的小说《白鲸记》中的人物。

串串思路漂浮其中。我想象着一个划船的人在河中迷失方向，尝试寻找通向到更广阔的水面或港口的支流。我就像这个划船的人，一直在移动，但在移动的过程中十分迷茫，因为坚持想要逃脱而航行至更加复杂的水域，驶向不确定的方向。

我多次重新整理记录，又多次惊讶于自己总在同样的起点碰壁，或是面对着每个章节之间错综复杂的关系而止步不前，这些章节本身又由顺序混乱的一页又一页组成。我还发现了另一个问题：如何在文字中体现出一些人说话时的口齿不清和另一些人的口音？短短几天里，各种各样的人讲述了他们的秘密，听起来就像是一曲合唱。我唯一能做的就是向我自己的声音寻求帮助，它会成为一只巨大又脆弱的鸟，从其他声音上方飞过。如此一来，所有录音和文字记录都由这唯一的声音来指引，它将在犹豫和来自过去的窃窃私语之间坚守己见。过去如同一个看不见的追踪者，一只朝我挥动的透明的手。为了向你透露埃米莉的死讯（通过一封简短总结了她人生的信），我幻想着借由记忆的双眼来回顾童年，回顾我们共同生活的经历、别人说过的话，还有我们在听到埃米莉把阿拉伯语和葡萄牙语混着说时发出的笑声。

仿佛我尝试在你耳边轻唱出一首从别人那里诱拐来的歌曲，松散的音符和无序的乐句不断塑造并调节着迷失的旋律。

第八章

胭砚计划：

巴西木：

《这帮人》，[巴西]希科·布阿尔克著，陈丹青译，樊星校
《一个东方人的故事》，[巴西]米尔顿·哈通著，马琳译
《抗拒》，[巴西]胡利安·福克斯著，卢正琦译
《歪犁》，[巴西]伊塔马尔·维埃拉·茹尼尔著，毛凤麟译，樊星校
《表皮之下》，[巴西]杰弗森·特诺里奥著，王韵涵译

东洋志：

《锁国：日本的悲剧》，[日]和辻哲郎著，郎洁译
《战斗公主 劳动少女》，[日]河野真太郎著，赫杨译
《给年轻读者的日本亚文化论》，[日]宇野常宽著，刘凯译
《青春燃烧：日本动漫与战后左翼运动》，徐靖著
《同盟的真相：美国如何秘密统治日本》，[日]矢部宏治著，沙青青译
《昭和风，平成雨：当代日本的过去与现在》，沙青青著
《平成史讲义》，[日]吉见俊哉编著，奚伶译
《平成史》，[日]保阪正康著，黄立俊译
《一茶，猫与四季》，[日]小林一茶著，吴菲译
《暴走军国：近代日本的战争记忆》，沙青青著
《古寺巡礼》，[日]和辻哲郎著，谭仁岸译
《造物》，[日]平凡社编，何晓毅译

太阳石：

《鲁尔福：沉默的艺术》，[西]努丽娅·阿马特著，李雪菲译（即将出版）
《达里奥：镜中的预言家》，[秘鲁]胡里奥·奥尔特加著，张礼骏译（即将出版）
《科塔萨尔：我们共同的国度》，[乌拉圭]克里斯蒂娜·佩里·罗西著，黄韵颐译
《巴罗哈：命运岔口的抉择》，[西]爱德华多·门多萨著，卜珊译
《皮扎尼克：最后的天真》，[阿根廷]塞萨尔·艾拉著，汪天艾、李佳钟译
《多情的不安》，[智利]特蕾莎·威尔姆斯·蒙特著，李佳钟译
《在大理石的沉默中》，[智利]特蕾莎·威尔姆斯·蒙特著，李佳钟译
《〈李白〉及其他诗歌》，[墨]何塞·胡安·塔布拉达著，张礼骏译
《珠唾集》，[西]拉蒙·戈麦斯·德拉·塞尔纳著，范晔译
《阿尔塔索尔》，[智利]比森特·维多夫罗著，李佳钟译
《自我的幻觉术》，汪天艾著

《群山自黄金》，[阿根廷]莱奥波尔多·卢贡内斯著，张礼骏译
《诗人的迟缓》，范晔著

努山塔拉：

《瀛寰识略：全球史中的海洋史》，陈博翼编著（即将出版）

其他：

《少年世界史·近代》，陆大鹏著
《少年世界史·古代》，陆大鹏著
《男孩的心与身——13岁之前你要知道的事情》，[日]山形照惠著，张传宇译
《噢，孩子们——千禧一代家庭史》，王洪喆主编
《大欢喜：论语章句评唱》，李永晶著
《回放》，叶三著
《雪岭逐鹿：爱尔兰传奇》，邱方哲著
《故事新编》，刘以鬯著
《亲爱的老爱尔兰》，邱方哲著
《送你一颗子弹》，刘瑜著
《说吧，医生1》，吕洛衿著
《说吧，医生2》，吕洛衿著
《摩登中华：从帝国到民国》，贾葭著
《天命与剑：帝制时代的合法性焦虑》，张明扬著
《现代神话修辞术》，孔德罡著
《看得见的与看不见的》，[法]弗雷德里克·巴斯夏著，于海燕译

Relato de Um Certo Oriente by Milton Hatoum
Copyright © 1989 by Milton Hatoum
First published in Brazil by Editora Companhia das Letras
This edition published by arrangement with Rogers, Coleridge and White Ltd., in association with Companhia das Letras/Editora Schwarcz Ltda, through BIG APPLE AGENCY, LABUAN, MALAYSIA.
Simplified Chinese edition copyright: 2024 LIJIANG PUBLISHING LIMITED
ALL RIGHTS RESERVED.

桂图登字：20-2022-270

图书在版编目（CIP）数据

一个东方人的故事 /（巴西）米尔顿·哈通著；马琳译. -- 桂林：漓江出版社, 2024.4

ISBN 978-7-5407-9764-5

Ⅰ.①一… Ⅱ.①米… ②马… Ⅲ.①长篇小说-巴西-现代 Ⅳ.①I777.45

中国国家版本馆CIP数据核字(2024)第069918号

Obra publicada com o apoio da Fundação Biblioteca Nacional e do Instituto Guimarães Rosa do Ministério das Relações Exteriores do Brasil
本作品由巴西外交部吉马莱斯·罗萨学院与巴西国家图书馆基金会资助出版

BIBLIOTECA NACIONAL

IGR Instituto Guimarães Rosa

一个东方人的故事 *Relato de Um Certo Oriente*
YIGE DONGFANGREN DE GUSHI

作　者	[巴西] 米尔顿·哈通
译　者	马　琳
审　校	樊　星

出 版 人	刘迪才
品牌监制	彭毅文
选题顾问	樊　星
责任编辑	彭毅文
助理编辑	赫　杨
书籍设计	千巨万工作室
责任监印	陈娅妮

出　　版	漓江出版社有限公司
社　　址	广西桂林市南环路 22 号
邮　　编	541002
微信公众号	lijiangpress

发　　行	北京联合天畅文化传播有限公司
发行电话	010-64258472

印　　制	北京盛通印刷股份有限公司
开　　本	880 mm×1230 mm　1 / 32
印　　张	7.375
字　　数	106 千字
版　　次	2024 年 6 月第 1 版
印　　次	2024 年 6 月第 1 次印刷
书　　号	ISBN 978-7-5407-9764-5
定　　价	48.00 元

漓江版图书：版权所有，侵权必究
漓江版图书：如有印装问题，请与当地图书销售部门联系调换